Gisela Hunger • KLANGREICH

Gisela Hunger

# KLANGREICH

EDITION FREIBERG

Printed in Germany • November 2019

Scherenschnitte und eingestreute Vignetten: anonym

Computersatz / Layout: Stephanie Wuth • Hoyerswerda
Druck und Binden: SOWA-Druck

ISBN: 978-3-943377-89-7

*... postrevolutionär und prägend*

# *Gute Taten*

Frau Rike Rotkehlchen hat dunkelblondes, dauergewelltes Haar. Als Freundschaftspionierleiterin hat sie immer ein rotes Pionierhalstuch umgebunden. Sie ist freundlich zu den Pionieren, besonders, wenn sie mit dem Schuldirektor, Herrn Willviel Sonnig, zum Fahnenappell einige Pioniere für ihre *„guten Taten"* auszeichnet. Sie kann aber auch sehr ernst sein, wenn sie die Pioniergesetze erläutert. Jedes Schulkind hat ein *„Buch der guten Taten"* zu führen. Rike – die Kinder dürfen sie bei ihrem Vornamen nennen – lässt ab und zu die Pioniere reihenweise, meistens zu dritt, mit diesem *„Taten-Heft"*, wie es manche Kinder bezeichnen, ins Pionierleiterzimmer kommen, um es zu prüfen und *„Einsicht zu nehmen"*. Gespannt stehen die Mädchen und Jungen dann vor ihr.

Einige sind aufgeregt, fast ängstlich. Sie fragen sich: *„Hoffentlich ist es genug, was ich zusammengetragen habe? Ich war viele Tage stundenlang im Wald und habe Eicheln gesammelt. Manchmal haben mir meine Eltern geholfen."* Die Pionierleiterin sitzt auf einem Stuhl hinter dem Schreibtisch, auf dem ein großes, dickes Heft liegt. Da hinein überträgt sie die *„guten Taten"* jedes Einzelnen.

Das können Tätigkeiten außerhalb der Schule sein, wie zum Beispiel das Sammeln von Eicheln für Tiere im Winter. Die Kinder heben im Herbst die heruntergefallenen, länglich-runden Früchte der Eiche vom Erdboden auf, füllen damit ihre Stoffbeutel, Körbe und Eimer, die sie bei sich tragen, und geben die Nussfrüchte der Eichen beim Förster ab. Der wiegt sie und schreibt das Gewicht auf einen Zettel. So bekommt jedes Kind sein Sammelergebnis bestätigt. Zu Hause wird die Empfangsbescheinigung dann in das *„Buch der guten Taten"* geklebt. Wenn es kalt wird und Schnee liegt, finden die Tiere im Wald nichts mehr zu fressen. Dann schüttet der Förster die Eicheln in die Futterkrippen, die im Forst aufgestellt sind.

Ähnlich wird beim Sammeln von Altstoffen verfahren. Die Kinder erhalten eine Bescheinigung und ein paar Pfennige, manchmal sogar zwei oder drei Mark, je nach der Menge, die sie zum Altstoffhändler bringen. Altmetall, Papier, Knochen und Lumpen können abgegeben werden. Zuhause wird alles aufgehoben, was nicht mehr gebraucht wird.

Wenn genügend Altmaterial angefallen war, packte ich es mit Hilfe meiner Mutter auf einen Handwagen und bugsierte ihn zur Altstoffannahmestelle. Dort erbarmte sich der freundliche Herr Lerstig meiner Fuhre und half mir beim Abladen. Alte, nicht mehr trag- und verwendbare Kleidung, Stofffetzen und zerschlissene Wischlappen wurden aufgehoben, bis ich *„das alte Zeug"* wegbringen durfte. Altmetall hatte ich nicht zu transportieren, denn jedes Stück Eisen, jeder kaputte Kochtopf, jeder Nagel, sogar, wenn er krumm ist, wurde aufgehoben. *„Man kann ihn ja vielleicht noch einmal gebrauchen"*, sagten die Erwachsenen. Unangenehm war es für mich, wenn ich alte Knochen wegbringen musste. Meine Eltern haben mich oft zum Fleischer geschickt. *„Was gibt es heute? Haben Sie vielleicht etwas Fleisch zu verkaufen?"*, fragte ich bittend. Oft bekam ich zur Antwort: *„Es tut mir leid, es ist nichts geliefert worden. Zum Schlachten hat auch niemand etwas gebracht."* Manchmal gab mir meine Mutter eine Mark und sagte: *„Gib die dem Fleischer in die Kaffeekasse. Wenn er das nächste Mal Rippchen bekommt, soll er uns bitte ein paar davon aufheben. Wir essen die doch so gern und die geben viele Knochen für die Altstoffe."* Die *„abgeknaupelten"* Knochen wurden zu Hause wochenlang gelagert, bis eine Tüte voll vorhanden war. Mit der Zeit begannen die Knochen, an denen mitunter noch kleinste Fleischfasern hingen, zu stinken und zu modern, besonders in der warmen Sommerzeit. Es war für mich ekelerregend und unangenehm, wenn ich sie zum Altstoffhändler bringen musste. In der Annahmestelle gab es für die scheußlich riechenden Überreste der Rippchen einen separaten Raum, in dem ich die Knochen abgeben konnte. Der üble Geruch bewirkte, dass ich jedes Mal nahe am Erbrechen war. Dann dachte ich an die Quittung, die ich bekomme, und die mir Pluspunkte bei Rike einbringt. Ich war sehr froh, wenn ich wieder draußen an der frischen Luft war und tief durchatmen konnte.

Aktivitäten für die Schule wurden gleichfalls positiv bewertet. Während meiner Schulzeit war ich von der zweiten bis zur achten Klasse *„Wandzeitungsredakteur"*. Diese Tätigkeit hat mir mehrmals ein Lob im *„Buch der guten Taten"* eingebracht. An der hinteren Seite des Klassenzimmers war eine drei Meter breite und ein Meter hohe Holzplatte befestigt, die mit dunkelrotem Stoff bespannt war. Die Wandzeitung wurde von mir gestaltet und alle 14 Tage mit anderen Themen versehen. In den ersten drei Jahren waren meistens noch zwei weitere Jungpioniere aus der Klasse dabei. Später hatten die keine Lust mehr und wollten lieber nachmittags bei schönem Wetter im Freien sein. Anfangs hat Rike uns angeleitet und geholfen. Ab der 5. Klasse erledigte ich die Arbeit selbständig. Aus der *„ABC-Zeitung"*, einer Kinderzeitschrift des Verlages *„Junge Welt"*, die sich als Propagandainstrument an die Kinder der Klassenstufen 1 bis 3 richtete, und aus der Jugendzeitschrift *„Atze"*, die ebenfalls im Verlag *„Junge Welt"* erschien und sich an die Mitglieder der Pionierorganisation *„Ernst Thälmann"* wendete, habe ich Bilder ausgeschnitten, die ich mit eigenen Kommentaren ergänzt und im Klassenzimmer mit Stecknadeln auf dem Tuch der Wandzeitung angeheftet habe. In der illustrierten Monatszeitschrift *„Atze"* fand ich viele Bildergeschichten über die Große Sozialistische Oktoberrevolution, über den bewaffneten Kampf der Partisanen und den kommunistischen Widerstand während der Zeit des Nationalsozialismus gegen das NS-Regime. Ab der sechsten Klasse wurde mir die Wochenzeitung *„Trommel"* vom Verlag *„Junge Welt"* sehr dienlich. Sie war sozusagen die Fortsetzung der Zeitschrift für die Jungpioniere, die *„ABC-Zeitung"*, und wurde als Organ der Freien Deutschen Jugend für die Thälmann-Pioniere herausgegeben.

Die Pionierleiterin, die Lehrerinnen und Lehrer, meine Mitschülerinnen und Mitschüler, der Hausmeister, alle waren mit meiner Wandzeitungsgestaltung sehr zufrieden. Zu Elternabenden, so sagte man mir, wurde ich sogar von Müttern und Vätern gelobt. In den Pausen kamen oft Lehrer mit Kindern aus anderen Klassen zu mir ins Klassenzimmer und schauten sich *„meine vorbildliche Wandzeitung"* an. So wurde ich zum erfolgreichsten Wandzeitungsredakteur der Schule.

# *Disziplin*

Als ich dann jahrelang an vielen Nachmittagen allein im Klassenraum war, kam die Pionierleiterin nur ab und zu herein, um kurz zu schauen, ob alles in Ordnung ist. So hatte ich *„freie Hand"* und konnte entwerfen, was ich wollte. Nicht immer ging es nur um gesellschaftliche Probleme. Meine Klassenkameradinnen und -kameraden waren begeistert, als ich während einer Winterzeit das Thema *„Winterfreuden"* gewählt hatte. Zwischen bunten, zum Teil selbst gemalten Bildern und von mir verfassten Texten habe ich aus weißer Watte viele *„Schneeflocken"* angebracht. Am nächsten Tag klingelte es viel zu früh zur ersten Unterrichtsstunde, die wir bei unserem Klassenlehrer, Herrn Mehnicke, hatten. Nach dem *„Freundschaft!"* – *„Setzen!"* war die Klasse sehr unaufmerksam. Viele Mitschülerinnen und Mitschüler drehten sich immer wieder um und blickten auf die Wandzeitung. Diesmal war Herr Mehnicke *„sehr gnädig"* zu uns und ließ es gewähren. Waren wir in anderen Stunden unaufmerksam, so stand er von seinem Stuhl hinter dem auf einem Podest erhöhten und massiv befestigten Lehrerpult auf, stellte sich vor die Klasse und schrie uns an: *„Auf! – Setzen! – Auf! – Setzen! – Auf! – Setzen! ..."* und wir gehorchten. Eines Tages an einem warmen, sonnigen Nachmittag treffe ich auf der Straße eine Mitschülerin, die neugierige Dore. Da sagt sie zu mir: *„Vor ein paar Tagen habe ich auf der Schulstraße „Mauerball" gespielt. Ich habe meinen Ball immer an die Hausmauer geworfen und gezählt, bis er heruntergefallen ist. Da kam die Frau Meckerviel mit der Frau Willwiss. Die beiden blieben an dem Haus, in dem die Willwiss wohnt, neben der Haustür stehen und haben „gebratscht". Da habe ich aufgehört, meine „Mauerbälle" zu zählen, obwohl ich es schon bis 68 geschafft hatte, ohne dass mein Ball auf die Erde gefallen ist. Ich wollte aber hören, was die beiden zu „gackern" haben. Die unterhielten sich doch tatsächlich über unseren Klassenlehrer, den Ehri Mehnicke. Da sagt die Meckerviel zur Willwiss: „Der soll nur nicht den Mund so weit aufreißen. Der soll lieber seine „Gusche" halten und unsere Kinder nicht „striezen". Der hat genug*

*„Dreck am Stecken". Du weißt doch, dass der als „junger Spund" bei den Nazis in der Blaskapelle gespielt hat. Bei Umzügen war der immer in der vordersten Reihe. Die Fahne hat er auch getragen. Und jetzt tut er sich bei den „Sozis" wieder hervor, dieser „Misthund". Der will den Kommunismus möglichst morgen schon haben. Frag nur mal die Alten. Die können dir das bestätigen. – Dann haben die zwei Weiber gemerkt, dass ich ihnen zuhöre und lausche, und da sind sie ins Haus gegangen."*

Mehnicke hat bei meiner Klasse und mir einen bleibenden Eindruck hinterlassen. Im siebenten und achten Schuljahr ist er mit uns wiederholte Male in eine Kiesgrube gegangen, die weit draußen vor der Stadt in einem Waldstück lag. Wir mussten uns Seite an Seite mit dem Bauch auf den Boden legen. Jeder bekam ein geladenes Gewehr und Patronen in die Hände. Auf sein Kommando hin schossen wir mehrmals auf die Schießscheiben, die an der gegenüberliegenden Seite aufgestellt waren. Dann brüllte er: *„Gewehr ablegen! Aufstehen! Hände auf den Rücken!"*
Standen dann alle kerzengerade und in einer Turnreihe da, ging er zu den Zielscheiben und überprüfte die Schießfertigkeit der Klasse. In einem kleinen Heftchen notierte er sich, wie viele Ringe jedes Kind auf dem Scheibenspiegel der Schießkarte getroffen hatte. Danach gab er jedem seine Schießkarte zur eigenen Kontrolle und befestigte neue an den Holzgestellen. War er damit fertig, schrie er: *„Achtung! Gewehre laden!"* Diszipliniert und schweigend befolgten wir seine Anweisungen. *„Position einnehmen!"*, lautete sein nächster Befehl. Und dann wurde erneut geschossen. Ich habe jedes Mal in die innersten Ringe gezielt, die am höchsten bewertet werden. Die Projektile sind meistens zwischen dem siebenten und zehnten Ring eingeschlagen. Mehnicke lobte mich öfters, weil ich immer *„ins Schwarze getroffen"* habe. Wenn wir die Schießübung zu seiner Zufriedenheit hinter uns gebracht hatten, durften wir im Wald noch das abenteuerliche Versteckspiel *„Räuber und Schanzer"* durchführen und umhertoben. Manchmal klagte am nächsten Tag in der Pause das eine

oder andere Mädchen aus meiner Klasse über Schmerzen in der Schulter. Wahrscheinlich hatte es das Gewehr nicht richtig angelegt, und der Schuss hat einen jähen, kräftigen und schmerzhaften Rückstoß verursacht. Andere Mitschüler tuschelten geheimnisvoll und flüsterten untereinander. Ich hörte, wie einer sagte: *„Meine Eltern sind nicht damit einverstanden, dass wir schießen müssen. Aber sie getrauen sich nichts zu sagen.“*

Wir hatten gemeinsam mit unserem Klassenlehrer auch andere, positive unvergessliche Erlebnisse. Manchmal bestellte er für uns einen Lastkraftwagen, der für die Personenbeförderung zugelassen war. Hinter dem geschlossenen Fahrerhaus befanden sich auf der Ladefläche, die wir umgangssprachlich auch *„Pritsche“* nannten, vier längs stehende Bänke, auf die wir uns setzen durften, nachdem wir über eine kleine Leiter auf den LKW hinauf gestiegen waren. Die beiden Sitzgelegenheiten in der Mitte waren zusammengerückt worden und wie die an den Rändern der Ladefläche fest verankert. Die Kinder auf den mittleren Bänken saßen eng aneinander, Rücken an Rücken, was ihnen eine gewisse Sicherheit gab. Auch Mehnicke nahm Platz. Das Fahrerhaus hatte zur Ladefläche ein kleines Fenster mit zwei Glasscheiben, von denen man eine ein paar Zentimeter aufschieben konnte.
Manchmal gab unser Lehrer durch diese Öffnung dem Fahrer kurze Anweisungen, wohin dieser zu fahren hat. Der Lehrer ersetzte sozusagen das heutzutage gebräuchliche Navigationsgerät. Das Teilstück der Plane an der Rückseite des LKWs blieb offen. Es war am Gestell des Verdecks nach oben gerollt und mit Lederriemen an dem Metallgestänge befestigt worden. Wiederholte Male fuhren wir so nach Markleeberg zur Landwirtschaftsausstellung der DDR, der *„agra“*. Mehnicke schenkte uns einen Tag *„Freigang“*. Gut gelaunt und fröhlich kosteten wir das aus. Wir spazierten grüppchenweise durch das Ausstellungsgelände und den Park, wo es nicht nur landwirtschaftliche Geräte, Maschinen und Stallanlagen zu sehen gab, Verfahrenstechniken zu erkunden

und Tierleistungsschauen zu bewundern waren, sondern wir genossen es, entspannt auf einer Caféterrasse zu sitzen und Eis zu essen, bevor es am späten Nachmittag wieder heimwärts ging.

Mit einem *„Planen-LKW"* kutschierten wir nach seiner Unterweisung zu Verhaltensmaßregeln mitunter auch in die Theater der nächstgelegenen großen Städte. Als unser Deutsch- und Geschichtslehrer unterrichtete er uns vorher immer über den Inhalt der Aufführungen, die wir besuchten. Bei unserem ersten Theaterbesuch sahen wir Hedda Zinners Stück *„Der Teufelskreis"*, das mir in der Inszenierung aus inhaltlichen und bühnenbildnerischen Gründen unvergesslich geblieben ist.

Das Schauspiel beruht auf historischen Tatsachen. In der Nacht vom 27. zum 28. Februar 1933 brannte in Berlin das Reichstagsgebäude. Am Ort des Geschehens wurde der politisch links orientierte niederländische Arbeiter Marius van der Lubbe als Brandstifter festgenommen. Nach polizeilichen und juristischen Recherchen kam der Fall als Staatsschutzsache schließlich zum Reichsgericht in Leipzig. Auch der bulgarische Kommunist Georgi Dimitrow und weitere Anstifter wurden angeklagt. Dimitrows Täterschaft konnte jedoch nicht einwandfrei geklärt werden. Der Reichstagsbrand hatte politische Folgen. Die *„Reichtagsbrandverordnung"* zum Schutz von Volk und Staat wurde erlassen.
Dadurch wurden faktisch die Grundrechte der Weimarer Verfassung außer Kraft gesetzt. Politische Gegner der NSDAP, der Nationalsozialistischen Deutschen Arbeiterpartei, konnten von nun an formell legal verfolgt werden.

In Zinners Bühnenstück geht es darum, dass die Mitglieder der sozialistischen und kommunistischen Parteien nach der Machtergreifung Hitlers zum Schweigen gebracht werden sollen. Die Nationalsozialisten statuieren anlässlich des Berliner Reichstagsbrandes ein Exempel und versuchen, einen Schauprozess zu ver-

anstalten, der zur Farce wird, denn der überzeugte bulgarische Kommunist Georgi Dimitrow hält entschlossen und unbeirrt am Ende des Prozesses in einer dramatischen Ansprache und seinem scharfen Deutsch ein Plädoyer für den Sieg der Arbeiterklasse. Unerschrocken und für die Sache des Kommunismus kämpfend richtet er an den nationalsozialistischen Reichstagspräsidenten Hermann Wilhelm Göring, die Frage: *„Sie haben wohl Angst vor meinen Fragen, Herr Ministerpräsident?"* – Dimitrow muss freigesprochen werden ...
Während der Theateraufführung gestaltet sich das Szenarium auf der Bühne zu einem flammenden Spektakel voller Lärm, Getöse und Aufruhr. Lichterloh brennen Holzscheite auf dem Kampfplatz der Schmiere, und die Bühne wird zum Tribunal – imposant und zugleich erschreckend für mich als Zwölfjährige.

Schauprozesse mit selbstvernichtenden Geständnissen der Angeklagten sind totalitären Regimen zu Eigen. Man findet sie überall dort, wo das Recht vor den Karren der Politik gespannt wird. Waren die Menschen in der DDR mit den Machenschaften des Systems nicht einverstanden, so wurde nicht in der Öffentlichkeit diskutiert, sondern man verkroch sich hinter geschlossenen Fenstern und Türen, weil man Angst hatte, nach Bautzen oder Hoheneck *„ins Loch oder hinter schwedische Gardinen"* zu *„wandern"*. Bei solchen geheimen Diskursen war ab und zu auch zu hören: *„Sie haben wohl Angst vor meinen Fragen, Herr Ministerpräsident?"* Kaum einer von denen, die das sagten, richtete politisch provokante Fragen an den Ministerpräsidenten, Otto Grotewohl, dessen Amtszeit bis Anfang der 1960er Jahre dauerte, oder danach bis 1989 an die Vorsitzenden des Ministerrates, Horst Sindermann und Willi Stoph.
Dann kam die Wende und in der Folgezeit nahm in so manchem Bereich die Disziplinlosigkeit immer größere Dimensionen an.

## *Tagesaktuell*

Auch Tageszeitungen und Zeitschriften habe ich nach Bildern und Artikeln durchsucht, in der Hoffnung etwas zu finden, was ich für die Gestaltung der Wandzeitung verwerten kann. Meine Eltern hatten die Tageszeitung „*Volksstimme*" abonniert, die 1963 auf Beschluss der Bezirksleitung der SED von Karl Marx Stadt mit der Bezirkszeitung „*Freie Presse*" zusammengelegt wurde und fortan nur noch unter dem Namen „*Freie Presse*" erschien. Manchmal kaufte meine Mutter im Postamt auch die „*Wochenpost*", die Zeitung für Politik, Kultur, Wirtschaft und Unterhaltung, und die Frauenzeitschrift „*Sibylle*", eine stilprägende „*Zeitschrift für Mode und Kultur*".

An meiner Ausbildungsstätte zur Lehrerin habe ich im gesellschaftswissenschaftlichen Studienfach „*Wissenschaftlicher Sozialismus*" Vorlesungen besuchen und an Seminaren teilnehmen müssen. Sie beinhalteten die Ansätze von Karl Marx und Friedrich Engels zur Analyse der bürgerlichen Gesellschaft und zur Maßgabe für eine sozialistische Entwicklung. Wladimir Iljitsch Lenins Werke dienten der Ausformung der Gedanken von Marx und Engels und prägten in der DDR das Verständnis ihrer Werke. Die Lehrveranstaltungen dienten letztendlich dem Ziel, bei den Studierenden kommunistische Vorstellungen zu entwickeln und ihnen Erkenntnisse über die Lehre des Marxismus-Leninismus und die Dogmen der Sowjetideologie zu vermitteln. Schließlich hatte ich eine 30minütige mündliche Prüfung in der Disziplin „*Wissenschaftlicher Sozialismus*" zu absolvieren. Das fiel mir im Prinzip nicht schwer, hatte ich doch „*Ausgewählte Schriften*" von Karl Marx und Friedrich Engels und auch so manches in den Werken von Wladimir Iljitsch Lenin diagonal durchgelesen, einiges an den Rändern der Buchseiten mit Bleistift angestrichen und mir Sätze oder Wortgruppen davon eingeprägt. So konnte ich den einen oder anderen Gedankengang der bedeutenden, revolutionären deutschen Philosophen und Gesellschaftstheoretiker Marx und Engels und des fanatischen Revolutionärs Lenin wörtlich zitieren. Das brachte mir die Bewunderung der Prüfungskommission ein. Die Dozenten waren sehr zufrieden. Die Prüfung war sozusagen vorbei. Alle nickten zustimmend mit ihren Köpfen und lächelten mich freundlich an, nur der Dozent, Herr Vielmer, nicht.

Ich hatte bei ihm zwei Semester Philosophie belegt, was eine Pflichtaufgabe im Rahmenprogramm meines Studiums war, und darin eine Prüfung bestanden. Er war immer akkurat gekleidet und erschien stets in einem dunkelblauen Anzug, unter dem er ein weißes Hemd und eine farbige, gemusterte Krawatte trug. Während der Seminare zog er sein Jackett aus, hängte es über die Lehne seine Stuhles, auf den er sich selten setzte, und man sah seine breiten, poppigen Hosenträger mit den silbrig glänzenden Metallclips, die seine Hose hielten. Die meiste Zeit lief er durch den Raum und blieb vor einer Studentin oder einem Studenten aus meiner Seminargruppe stehen und stellte an jeden einzelnen Fragen. Ich saß mit Friga, einer Kommilitonin, in der vordersten Reihe. Auf uns hatte er es besonders abgesehen. Er stellte sich demonstrativ vor mich hin, wobei er die Daumen seiner beiden Hände in Brusthöhe unter seine Hosenträger schob und die restliche vier Finger jeder Hand auf und ab bewegte. Dabei zog er in Abständen seine Hosenträger nach vorn und ließ das elastische, überdehnte Gummiband zurückschnappen, dass man es hören konnte. Ein paar Sekunden stand er so vor mir und musterte mich von oben bis unten. Dann sagte er scharfzüngig: *„Nun, mein Fräulein, wie denken Sie darüber?“* Ich gab ihm gezielte Antworten, dass er nicht weiter *„bohren“* konnte. Daraufhin wendete er sich an meine Nachbarin, die weniger schlagfertig war als ich und mit ihren Antworten oftmals zögerte. Er *„machte sie fertig“*. Eines Tages wusste sich Friga nicht mehr zu helfen. Sie ging zu Dr. Profkad, dem Lehrstuhlleiter für Musik, und *„weinte“* sich aus. Profkad war sehr verständnisvoll. Er sagte zu ihr: *„Bitte beruhigen Sie sich. Ich verstehe Sie und stehe zu Ihnen. Ich werde Ihnen helfen, dass auch Sie eine gute Lehrerin werden. Sie können jederzeit zu mir kommen, wenn Sie Probleme haben oder nicht weiter wissen."* In den folgenden Wochen und Monaten änderte sich in den Seminaren an der Lehrmethode Vielmers nichts, auch nicht an seinem Verhalten gegenüber meiner Kommilitonin. Am Ende des Semesters verließ uns Friga und studierte an einer Kirchenmusikschule weiter.

Später hat sie als Kantorin über Jahrzehnte eine ausgezeichnete kirchenmusikalische Arbeit geleistet, hat Orgel gespielt, die großen Oratorien von Johann Sebastian Bach und Joseph Haydn mit ihrem Chor einstudiert, Aufführungen mit Chören und Orchestern dirigiert und darüberhinaus selbst als Geigerin in einem Orchester mitgewirkt. Ein vielseitiges, musikalisches Talent ist durch das Gebaren und den Führungsstil Vielmers der Schulmusik verloren gegangen.

Da, plötzlich und unerwartet, am Ende der Prüfung begann Vielmer zu sprechen:*„Meine Herren, ich habe dann doch noch eine Frage."* Und an mich gewandt spricht er weiter: *„Welche Tageszeitung lesen Sie?"* Ohne zu überlegen antworte ich: *„Ich lese die „Volksstimme"; die haben meine Eltern abonniert."* Er entgegnet: *„Danke. Das reicht. Bitte verlassen Sie den Raum. Wir rufen Sie wieder herein."* Nichtsahnend stehe ich im Korridor neben dem Eingang zum Prüfungsraum. Nach einer kleinen Weile geht die Tür auf, und man bittet mich, wieder einzutreten und mich zu setzen. *„Leider können wir Ihnen keine 1 auf Ihre durchaus sehr guten Darlegungen geben"*, beginnt der Prüfungsvorsitzende, Herr Dr. Prokomm, den Auswertungswertungsbeschluss mir mitzuteilen. Mit großen, forschenden Augen blickt er mich an und fährt fort: *„Sie haben einen schwerwiegenden Fehler begangen. Seit Jahren haben Sie keine Tageszeitung mehr gelesen, sonst wüssten Sie, dass es die „Volksstimme" in unserem Bezirk nicht mehr gibt. Wir entlassen Sie deshalb mit der Note 3."* Meine Kehle ist wie zugeschnürt. Ich versuche zu schlucken. Meine Stimme versagt. Schweigend und betrübt verlasse ich den Prüfungsraum. Die Tragweite meiner spontanen Antwort wird mir bewusst, als ich aus dem Gebäude ins Freie trete und langsam wieder zu mir komme. Eine andere Beantwortung wäre die richtige Reaktion gewesen, um die Note 1 zu bekommen. Ich hätte sagen sollen: *„Ich lese die überregionale Tageszeitung „Neues Deutschland“. Sie ist das Zentralorgan der Sozialistischen Einheitspartei Deutschlands und berichtet ausführlich und umfassend über die Innen- und Außenpolitik unseres friedliebenden Staates.“*

In den ersten Jahren nach meinem Studium wurde ich von der Schulleitung angewiesen, als Klassenlehrerin jeden Montag in der Deutschstunde *„Zeitungsschau“* zu halten. Von einer Woche zur anderen beauftragte ich die Kinder in den Unterricht Zeitungen mitzubringen, die zu Hause von ihnen mit den Eltern gelesen werden. Wichtiges und Interessantes sollten sie vormerken, damit wir darüber sprechen können. Ein Kind der Klasse musste einen Kurzvortrag halten und dabei seine herausgesuchten Zeitungsartikel inhaltlich vorstellen. Auf die mündliche Darstellung hatte ich eine Zensur zu erteilen bezüglich Inhalt, Form und Ausdruck. Alle Eltern abonnierten die *„Freie Presse“*. Ich natürlich auch, denn schließlich musste ich ja *„im Bilde sein“* und genau wissen, was sich alles in der letzten Woche innen- und außenpolitisch und natürlich auch kommunalpolitisch ereignet hatte. Wenn wir mit der *„Zeitungsschau“* fertig waren, wollten die Kinder mitunter noch über das Geschehen in der Gemeinde sprechen. Man wohnte in Häuserreihen dicht beieinander und kannte sich. Die Todesanzeigen wurden mit Spannung verfolgt.

Abhandlungen darüber und Gespräche über Verstorbene waren im Unterrichtsverlauf nicht vorgesehen. „ ... *Das war doch dem Max seine Oma. Die kannten Sie doch auch*“, drängten sie mich. „ ... *Das war dem Karl sein Opa. Der hat uns einmal auf seinem Pferdefuhr-*

*werk mitgenommen*" und „*Nun hat es auch den Eduard erwischt. Das ist der, der die „Pferdesemmeln" immer von der Straße aufgelesen hat. Die brauchte der für seine Erdbeeren.*" Und einige Mädchen begannen zu kichern und unter Gelächter sagten sie: „*Wir machen zu Hause nur Schlagsahne an die Erdbeeren.*" Dem Bedauern und dem „*Gegacker*" bereitete ich ein Ende: „*In der Pause könnt ihr euch darüber weiter unterhalten. Wir machen jetzt weiter im Unterricht.*" Ich war immer froh, wenn die Deutschstunde vorüber war und das Geraschel mit den vielen Zeitungen ein Ende hatte.

Für die „*Freie Presse*" habe ich gelegentlich Artikel verfasst, für die ich sogar ein kleines Honorar, nicht mehr als sechs Mark, bekommen habe. Größtenteils waren das Rezensionen über Konzerte, in denen mein Orgellehrer, Herr Witzviel, gespielt hatte. Die Musikkritiken sind gedruckt worden, wenn das „*demokratische Schwänzchen*" am Schluss nicht fehlte. Hatte ich vergessen, ein „*Loblied*" auf die Kulturpolitik unseres Staates „*zu singen*", wurden die Musikkritiken kommentarlos zurückgeschickt.

Als Musiklehrerin verpflichtete mich die Schulleitung, die Fachzeitschrift „*Musik in der Schule*" zu halten. Sie wurde vom Ministerium für Volksbildung herausgegeben und erschien alle zwei Monate als Handreichung zur Theorie und Praxis des Musikunterrichtes.

Als Lehrerin verdiente ich nun eigenes Geld. Monatlich wurden mir 458 Mark der Deutschen Notenbank – im Volksmund „*Ost-Mark*" genannt – auf mein Konto überwiesen. Meine Mutter war entsetzt, als sie erfuhr, wie gering mein Gehalt ausfällt. Sie sagte zu mir: „*Hätte ich das gewusst, hätte ich Dich nicht studieren lassen.*" Das traf mich wie ein Peitschenhieb. Schließlich habe ich meinem Beruf nicht des Geldes wegen gewählt. Sie arbeitete in einem Büro eines volkseigenen Betriebes und bekam jeden Monat 620 Mark ausgezahlt.

Ich setzte Prioritäten. Von meinem Einkommen konnte ich es mir leisten, die Zeitschrift *„Musik und Gesellschaft"* zu bestellen und regelmäßig mit Begeisterung zu lesen. Sie wurde monatlich vom Verband Deutscher Komponisten und Musikwissenschaftler herausgegeben im Henschelverlag Kunst und Gesellschaft in Berlin. Es hat mich immer sehr interessiert, was es Neues in der Musik unter den gegebenen gesellschaftlichen Bedingungen gibt.

Nach der Wende bestelle ich mir die *„Dresdner Neueste Nachrichten"*, die ich bis heute lese. In der *„DNN"* finde ich mehr zur Kultur als in der *„Sächsischen Zeitung"*. Frühmorgens nach dem Aufstehen eile ich im Eiltempo zum Briefkasten und hole die regionale Tageszeitung, die *„DNN"*. Sofort, noch vor dem Frühstück, lese ich sie. Auf Arbeit fragen mich die Kolleginnen und Kollegen: *„Was gibt's heute Neues in der Zeitung?"* Dann informiere ich die um mich Stehenden *„im Schnelldurchlauf"* über das Neueste und Aktuelle des Tages.

# *Ein Auftrag*

Nach dem achten Schuljahr geht meine Schulzeit an meiner ersten Schule, einer damaligen Grundschule, zu Ende. Meine Klasse beschließt, dass jeder sein *„Sparmarkenheft"* bei der Stadtsparkasse gegen Bargeld einlöst und einen Betrag davon hergibt, damit wir für die Schule ein Geschenk kaufen können. Es soll ein bleibendes Präsent werden, das für alle sichtbar ist. Ohne Erwachsene setzen wir uns zusammen und beraten. Nach kurzer Zeit schon steht der Beschluss fest. Ich werde beauftragt, in die Bezirksstadt zu fahren, wo sich ein umfangreicher Bilderladen befindet. Dort soll ich ein Bild von einem Komponisten für das Musikzimmer der Schule kaufen. Gesagt – getan. Am letzten Schultag überreiche ich das Bild anlässlich der Verabschiedung unserer Klasse beim Fahnenappell dem Schuldirektor, Herrn Sonnig. Es zeigt in einem Bilderrahmen unter einer Glasscheibe eine Abbildung Ludwig van Beethovens. Der Druck entstand nach einem idealisierten Gemälde, das um 1820 von Joseph Karl Stieler gemalt worden ist.

Ein Jahrzehnt später unterrichte ich selbst in dieser Schule Musik. An einer Wand des Musikzimmers hängt das Bild noch immer. Jedes Mal, wenn ich den Raum betrete, blickt mich Beethoven weg- und zukunftsweisend an. Ich habe das Gefühl, als mahne er mich, wachsam zu sein. Wenn ich vom Flügel aufstehe schaue ich für einen kurzen Moment nach oben und seine Augen sehen auf mich herab.

Jahrzehnte sind vergangen. Die Gesellschaftsordnung hat sich geändert. Meine ehemalige Klasse findet sich zu einem Klassentreffen zusammen. Wir besichtigen unsere alte Schule, in der wir so manche freud-, aber auch kummervolle Stunde zusammen verbracht haben. Beim Betreten des Unterrichtskabinetts für Musik blickt uns Beethoven forschend an, als wolle er sagen:

*„Habt ihr die Zeit seit damals, wo ihr mich hierher gebracht habt, genutzt? Habt ihr zum Wohl der Menschen und zu euren eigenen Wohlergehen bahnbrechend, richtungsweisend und zukunftsorientiert gehandelt?"* Auf dem Bild hat Beethoven über seinem weißen Hemd ein rotes Tuch gebunden. Ist das ein Sinnbild? Liegt darin ein Symbolcharakter? Unwillkürlich muss ich an meine roten Pionierhalstücher denken, von denen ich mehrere hatte.

# *Freundschaft*

Mein Brieffreund Geno aus der Sowjetunion hatte mir einige Halstücher aus verschiedenen Stoffarten geschickt. In der kalten Jahreszeit trug ich die aus Baumwolle, im Sommer waren die Halstücher aus Seide oder aus der Kunstfaser Dederon angenehmer. Viele Kinder trugen die Halstücher nur an den Tagen, an denen Fahnenappell war. Meine Mutter sagte zu mir, fast täglich, bevor ich zur Schule ging: *„Binde das Pionierhalstuch um. Es hält dich warm.“* Ich gehorchte. Und tatsächlich, ich war weniger erkältet als andere in meiner Klasse. Mit der Zeit sprach sich das bei den Kindern und Eltern herum. Schließlich saß an politisch unspektakulären Tagen die ganze Klasse mit roten Halstüchern im Unterricht, was die Freude unseres Klassenlehrers, den wir, wenn er es nicht hörte, *„dorr scharfe Mehnick Ehri“* nannten, zur Folge hatte, und die er uns gegenüber auch zum Ausdruck brachte. An solchen Tagen gab es für uns glücklicherweise kein *„Auf! – Setzen! – Auf! – Setzen! – Auf! – Setzen! ...“* Wir haben die Tücher gern umgebunden, denn sie haben den Hals eines jeden Kindes angenehm geschützt und uns weniger krank sein lassen.

Oft dachte ich an meine Brieffreundschaft. Ich war in der fünften Klasse und wollte intensiv russisch lernen. Eine Nachbarin hat mir Genos Adresse aus der Sowjetunion mitgebracht, nachdem sie dort zu Besuch weilte. Er wohnte in einer großen Stadt im Ural. Alle zwei bis drei Wochen gingen unsere Briefe von Haus zu Haus hin und her. Er schrieb in der russischen Schriftsprache, und ich antwortete ihm in seiner Muttersprache, ebenfalls in Russisch. Mitunter schickten wir uns zu Fest- und Geburtstagen sogar kleine Päckchen. So bekam ich von ihm nicht nur Halstücher, sondern auch Spitzentaschentücher, einen filigran gehäkelten Kragen für ein Kleid und eine Perlenhalskette, die ich seit Jahrzehnten besitze und auch jetzt noch manchmal trage. Und überhaupt war er mir sehr zugetan. Ich lud ihn ein, meine Familie und mich in der DDR zu besuchen. Geno konnte jedoch nicht kommen. Er hatte seiner Mutter, als diese auf dem Sterbebett lag, versprochen, niemals in seinem Leben nach Deutschland zu reisen, weil sein Vater im zweiten Weltkrieg von Deutschen erschossen worden war. Später studierte er und wurde Mathematiklehrer. Wir tauschten uns in unseren Botschaften über pädagogische Probleme aus. Ich erfuhr, dass er eine Krankenschwester geheiratet hat und sie einen Sohn bekommen haben, den sie Aljoscha nannten. Unser Kontakt hielt über Jahrzehnte. Sein Sohn korrespondierte schließlich sogar mit meiner Tochter.

Es war gelebte deutsch-sowjetische Freundschaft, die in der Kindheit begonnen hatte und im ethischen Sinne von Hoffnung, Frieden und Glück geprägt war und die das Leid der älteren Generation nach dem zweiten Weltkrieg vergessen lassen wollte.

## *Literaturverbot*

Fast 40 Jahre lebte, lernte und arbeitete ich in der Deutschen Demokratischen Republik, wo sogenannte Westliteratur, gedruckt in der Bundesrepublik Deutschland, verboten war. Als Musik- und Deutschlehrerin erhielt ich, wie auch die anderen Pädagogen, mitunter den Auftrag, die Taschen der Kinder bezüglich nicht erlaubter Literatur zu kontrollieren. Fand ich verbotene Zeitschriften oder unzulässige Bücher, so sollte ich diese den jungen Menschen wegnehmen. Glücklicherweise musste ich das nie tun.

Die Ranzen der Kinder waren immer in Ordnung und beinhalteten nur Lehrbücher und Schulhefte. Offensichtlich lasen meine Schülerinnen und Schüler lieber die „*Frösi*". Sie wurde speziell für Angehörige der Pionierorganisation „*Ernst Thälmann*" herausgegeben. Ursprünglich hieß die Kinderzeitschrift „*Fröhlich sein und singen*". Sie wurde benannt nach der Anfangszeile des gleichnamigen, damals bekannten Pionierliedes von Hans Naumilkat. 1965 wurde der vollständige Titel durch die Kurzform „*Frösi*" ersetzt. Die Kinder konnten sie sogar in der Schule während der Pausen bei der Pionierleiterin für 70 Pfennig kaufen. Diese Zeitschrift war so beliebt, dass ich sie fast in jedem Ranzen vorfand, den ich kontrollieren musste.

Groß war meine Freude, als ich von Marianne, der Ehefrau eines weitläufigen Verwandten, die vor dem Mauerbau 1961 in den Westen gegangen waren und in einer Landeshauptstadt der Bundesrepublik Deutschlands lebten, die ungekürzte Ausgabe des Buches „*Appassionata*" von Alfred Amenda geschenkt bekam. Es war ihr gelungen, den Roman bei einem Besuch in der Deutschen Demokratischen Republik unkontrolliert über die Grenze zu bringen. Ich schrieb die Worte des englischen Dramatikers, Lyrikers und Schauspielers William Shakespeare auf die leere erste Seite: „*Der Mensch, der nicht Musik hat in sich selbst, den nicht die Eintracht süßer Töne rührt, taugt zu Verrat zu Räuberei und Tücken. Die Regung seines Sinns ist dumpf wie Nacht...Trau keinem solchen! Horch auf die Musik!*“

## *Musikgeschichtlich interessiert*

Die in diesem Buch im folgenden Kapitel „ ... *historisch und zukunftsweisend*“ formulierten Zeilen verfasste ich im Wesentlichen 18jährig. Ich lebte damals in der Idylle einer Kleinstadt. Die Aufzeichnungen spiegeln meine große Liebe zur Musik Ludwig van Beethovens wider und sind keinesfalls als Lebenslauf des großen Meisters gedacht. Ich habe so weit wie möglich auf Jahreszahlen, auf strenge chronologische Reihenfolge und auf vollständige Erfassung von Daten verzichtet. Es ging mir um eine erste, ernste Auseinandersetzung mit der Problematik um Beethoven, nicht nur als Künstler, sondern auch als Mensch. Es wird kein Anspruch auf Wissenschaftlichkeit im eigentlichen Sinne erhoben. Literaturrecherche zu Beethoven war mir zur damaligen Zeit in meinem Heimatort während der Zeit des Sozialismus kaum möglich. Es musste darauf verzichtet werden. Das Folgende ist lediglich als ein zwangloser, musikgeschichtlicher Beitrag gedacht, der die Leserin und den Leser anregen soll, mehr über Beethoven zu erfahren, seine Musik zu hören und vielleicht seine Hymne *„Freude, schöner Götterfunken“* oder das Lied *„Ich komme schon durch manche Land“* zu singen. Johann Wolfgang von Goethe hatte den Text des Liedes für sein Theaterstück *„Das Jahrmarktsfest in Plundersweilern“* verfasst, und Ludwig van Beethoven hat ihn 1805 vertont. Das *„Lied des Marmottenbuben“* war zu Beethovens Lebzeiten so beliebt, dass es zum vielgesungenen *„Gassenhauer“* wurde. Es handelt von einem armen Burschen, der auf Jahrmärkten ein possierliches Murmeltier zur Schau stellt und sich damit seinen Lebensunterhalt verdient. Die eingängige Melodie kann sogar von Vorschulkindern gesungen werden.

Setzte ich mich im privaten Klavierunterricht bei Herrn Reichwer ans Instrument, so fiel mein Blick zunächst auf ein Bild hinter einer Glasplatte, die in einem goldglänzenden Metallrahmen eingebettet war. Es hing an der Wand über dem schwarz lackierten Piano und zeigte die Porträts drei großer Meister der Musik. Links war Johann Sebastian Bach zu sehen, rechts Johannes Brahms und in der Mitte Ludwig van Beethoven. Meine Neugier war geweckt und immer wieder unterhielt ich mich mit meinem Klavierlehrer über die Kompositionen und das Leben der Künstler und machte mir Notizen zu dem, was wir besprachen. So entstanden diese Aufzeichnungen. Es war mir aber unmöglich, mich nur vom Standpunkt des Verstandes an die Problematik heranzutasten. Ich ließ mich von meinem Gefühl zur Musik viel zu sehr leiten. Inwiefern dieser Standpunkt bei einer vermeintlichen musikwissenschaftlichen Betrachtungsweise vertretbar ist, wusste ich damals nur ungenau. Eines war und ist mir jedoch bewusst: Auseinandersetzungen mit einem Thema bringen jedem, der sich nicht scheut, diesen Weg zu gehen, in seiner Lebensauffassung ein Stück weiter. Nachdem ich mit Bravour in einem öffentlichen Schulkonzert Johann Sebastian Bachs *„Italienisches Konzert“* auswendig interpretiert hatte, studierte und spielte ich mit Bewunderung und Enthusiasmus viele Klaviersonaten Beethovens, unter denen es mir die *„Pathetique“* am meisten angetan hatte.

# *Friedlich revolutionär*

Viele Mütter und Väter in der DDR sind stolz oder zumindest froh, wenn ihr Sohn es schafft, Sänger im legendären Leipziger Thomanerchor oder im ebenso berühmten Dresdner Kreuzchor zu werden. Zu jenen Elternteilen gehöre auch ich. Instrumentalunterricht, das frühzeitige Erlernen des Klavier- oder Geigenspieles, Unterricht in Musiktheorie und Gehörbildung in mehrjähriger Vorbereitungszeit sind erforderlich, und Prüfungen zu bestehen, in denen die Fertigkeiten im Instrumentalspiel, im Gesang, in Gehörbildung und die Kenntnisse in Musiktheorie überprüft werden. Voll Erwartung und gepflegt gekleidet haben die Kandidaten vor dem Prüfungsausschuss zu erscheinen. Es gab jedoch in der DDR für die Jungen keine weißen Hemden. Ich hatte eine bahnbrechende Idee, die ich in die Tat umsetzte und die in der Folgezeit von vielen Müttern übernommen wurde. Ich kaufte preisgünstige, weiße Pionierhemden und trennte das Emblem der Pionierorganisation *„Ernst Thälmann"* ab. Im oberen Bereich des linken Ärmels war es an seinen gelben Rändern mit kleinen Stichen nur leicht angenäht. Mit einem weißen Hemd, einem schwarzen, einen Zentimeter breiten Stoffbändchen, das unter den Kragen gelegt und vorn zusammengebunden ist, und mit einer dunkelblauen Pionierhose bekleidet, entspricht mein Sohn optisch den Erwartungen.

Und dann kommt es zu jener Prüfung, die über die Zukunft des Kindes entscheidet. Hinter einem länglichen Tisch sitzt die Prüfungskommission, in der Mitte Herr F., der Kantor, links neben ihm Herr S., sein Chorassistent, und auf der rechten Seite Herr Professor R., der Schuldirektor. Sie prüfen und befragen die jungen Chorkandidaten. Unmittelbar nach der Prüfung entscheiden sie, ob der Bewerber bestanden hat und in den Chor aufgenommen wird oder nicht. Die Kleinen verschwinden fast auf dem großen Stuhl, auf dem sie am gleichen Tisch gegenüber vom Chorleiter sitzen. Eltern dürfen auf der hintersten Bank des Raumes Platz nehmen, und das Geschehen verfolgen. Sie sehen aber nur den Rücken ihres Juniors. Dieses Verfahren wird auch meinem ersten Sohn und mir zuteil. Die Befragung meines Kindes verläuft fachlich exakt und pädagogisch einfühlsam. Ich bin zufrieden und denke: *„Das Lehren und Lernen, die ganze Mühe der letzten Jahre, hat sich gelohnt. Mein Kind antwortet ordnungsgemäß und richtig.“* Da stellt ihm R. die Frage: *„Warum willst Du denn Kruzianer werden?“* Ohne zu überlegen antwortet mein Sprössling: *„Weil ich dann endlich hier raus kann und in dem Westen fahren darf.“* Ich werde blass. Das Blut in meinen Adern erstarrt. Vor mir tut sich ein Abgrund auf, und ich habe das Gefühl klaftertief hinein zu fallen. *„Gleich werden sie sagen, dass es sich erledigt hat und ich mit meinem Sohn nach Hause fahren soll“*, schießt es mir durch den Sinn. – Für einen Moment herrscht Totenstille im Raum. F. schaut nach rechts und nach links und dann wieder nach rechts und sagt: *„Sehen Sie, meine Herren, endlich mal einer, der die Wahrheit sagt.“* Dann steht er auf, nickt meinem Sohn wohlwollend zu und ergänzt: *„Du hast alle Prüfungen bestanden. Wir sehen uns im Kreuzchor wieder.“*

Nach Beendigung meiner beruflichen Tagesarbeit steige ich in Westsachsen gegen Abend an einem Freitag im Herbst 1989 in meinen *„Trabi“* und fahre nach Dresden, um meinen Sohn zu besuchen, der im Internat des Kreuzchores in Dresden-Blasewitz wohnt. Von Haustür zu Haustür sind es genau 100 Kilometer. Die Fahrtstrecke auf der *Landstraße erster Ordnung* mit der erlaubten Höchstgeschwindigkeit von 80 km/h beträgt zehn Kilometer. Danach sind 80 Kilometer auf der Autobahn bei einer erlaubten Höchstgeschwindigkeit von 100 km/h zurückzulegen und schließlich muss ich noch mit maximal 50 km/h zehn Kilometer durch die Stadt fahren. Auf der Autobahn ist an diesem Tag relativ wenig Betrieb. Nach 90 Minuten habe ich die Autobahnabfahrt *Altstadt* im Westen Dresdens erreicht und denke: *„Ich bin zeitlich gut dran. Da kann ich nach der Chorprobe, die bis 20:30*

*Uhr dauert, mit meinem Sohn noch sprechen, bevor er ins Bett muss.*" Zügig fahre ich in Richtung Stadtmitte weiter und bin am *Dresdner Speicher* angelangt, einem großen Lagerhaus, das von dem deutschen Architekten und kommunalen Bauberater Hans Erlwein erbaut worden ist und sich in der Nähe der *Semperoper* befindet. Doch was ist das? Ich muss bremsen. Vor mir stehen zahlreiche Autos in einer Reihe hintereinander. „*Da ist bestimmt ein Unfall passiert*", denke ich. Hinter meinem Auto kommt ein weiteres zum Stehen. Eine halbe Stunde vergeht. „*Warum geht es denn nicht endlich weiter?*", will ich wissen. Ich steige aus meinem PKW aus. Und was muss ich sehen? Auch hinter mir hat sich eine lange Schlange von den Fahrzeugtypen „*Trabant, Wartburg, Skoda, Lada und Saporoshez*" gebildet, die in der DDR gängig waren. Sonst ist nichts zu sehen. Ich sitze wieder auf meinem Fahrersitz. Die Sekunden kriechen dahin. Es geht nicht vorwärts. Auch sonst tut sich nichts. Ich denke: „*Jetzt ist es gleich 21:00 Uhr. Im Internat müssen die Kinder jetzt schlafen gehen. Da bin ich heute also umsonst nach Dresden gefahren.*" Als ich so sinnend und betrübt in meinen Gedanken versunken bin, erschrecke ich. Es klopft kräftig an die Glasscheibe meiner Fahrertür. Ich kurble das Autofenster herunter. Da herrscht mich ein Volkspolizist in Uniform mit lauter, drohender Stimme an: „*Steigen Sie aus.*" Ich weiß nicht, was das soll. Ich bin mir keiner Verkehrssünde oder Schuld bewusst und habe Angst. Noch nie musste ich aussteigen, wenn ein Polizist meine Autopapiere kontrolliert hat. Ich folge der Anweisung und stehe neben meinem Gefährt. „*Drehen Sie sich um und verschränken Sie die Arme auf dem Rücken*", befielt er. Ich beuge mich leicht gegen die Autotür. Dann tastet er auf beiden Seiten meine Hosentaschen ab. Ich habe jedoch nichts darinnen stecken, nicht einmal ein Taschentuch. Er verlangt meinen Führerschein und meine Fahrzeugpapiere. Wortlos übergebe ich ihm die Dokumente. „*Warum kommen Sie nach Dresden? Was wollen Sie hier?*", herrscht er mich an. Widerspruchslos gebe ich Auskunft. Er scheint sich zufrieden zu geben. „*Gehen Sie zur Seite. Ich muss noch einen Blick in Ihr Auto werfen*", sagt der Ordnungshüter. Er steckt seinen Kopf durch die Fahrertür, zieht ihn aber auch gleich wieder heraus. In einem straffen Ton weist er mich an: *„Steigen Sie in Ihren PKW ein und bleiben Sie sitzen, bis es weitergeht.*" Ich befolge seine Anweisung. Er trottet davon. Die Minuten schleichen unendlich langsam dahin. Die Zeit will nicht vergehen. Das Geschehen löst sich nicht auf. Die Autoschlange bewegt sich nicht. Es ist ringsum still. Kein Mensch ist zu sehen. Die Straßenbeleuchtung lässt mit ihrem spärlichen Licht die dunkle Fassade des Speichers düster und unheimlich erscheinen. Ich denke darüber nach, was man wohl in vergangenen Zeiten darin eingelagert und gehortet hat. Nun ist es schon 22:30 Uhr. Was ist nur geschehen? Wie lange soll ich hier noch ausharren? Endlich, gegen 23:00 Uhr, bewegt sich der Autokorso ganz langsam vorwärts. Eine halbe Stunde später bin ich am Internatsgebäude angelangt. Alle Fenster sind noch hell erleuchtet. Ich finde eine Parklücke auf der Straße und stelle mein Auto ab. Das Eisentor zum Fußweg, der auf das Schulgelände führt, steht offen. Ich eile zum Internat. Am Eingang empfängt mich Frau K., eine Erzieherin, mit den Worten: *„Sie können hereinkommen. Wir wissen, was los ist. Deshalb haben wir die Kinder nicht ins Bett geschickt. Etliche Eltern sind schon da.*" Ich steige die Treppenstufen zum ersten Stockwerk empor. Freudestrahlend kommt mir mein Sohn entgegen und umarmt mich. Der Tag hat für uns ein glückliches Ende gefunden.

Was war geschehen? Private Autos durften heute in den Abendstunden nicht an der *Semperoper* vorbei fahren. Seit Tagen demonstrierten Menschen auf der *Prager Straße* und am *Hauptbahnhof* in Dresden. In der Semperoper wurde an diesem Abend Beethovens Oper *„Fidelio"* aufgeführt. Polizei- und Militärfahrzeuge hatten das Opernhaus umstellt. Drinnen, auf der Bühne, lehnte niederdrückt und verzagt der Chor der Gefangenen an einem Gitterzaun, einem Symbol der deutsch-deutschen Grenzbefestigung, und sang zukunftsgläubig: *„O welche Lust, in freier Luft den*

*Atem leicht zu heben! Nur hier, nur hier ist Leben, der Kerker eine Gruft. – Wir wollen mit Vertrauen auf Gottes Hilfe bauen! Die Hoffnung flüstert sanft dir zu: Wir werden frei, wir finden Ruh'. – O Himmel! Rettung! Welch ein Glück! O Freiheit! Kehrest du zurück? – Sprecht leise! Haltet euch zurück! Wir sind belauscht mit Ohr und Blick. – Sprecht leise! Haltet euch zurück! Wir sind belauscht mit Ohr und Blick. O welche Lust, in freier Luft den Atem leicht zu heben! Nur hier, nur hier ist Leben. Sprecht leise, haltet euch zurück! Wir sind belauscht mit Ohr und Blick.*"

Beethovens Musik hat die friedliche Revolution mit ihren gewaltfreien Initiativen, Protesten und Demonstrationen umrahmt, geleitet und beflügelt.

# *Auf Reisen*

Unverhofft fand ich Spuren von Komponisten, wenn ich unterwegs war, bis ich selbst die Spurensuche aufgenommen habe. Ich bin der eindrucksvollen *„Leipziger Notenspur“* gefolgt und habe Wohn- und Schaffensstätten berühmter Komponisten erkundet. Aber auch an anderen Orten sind mir Musiktradition und musikalische Präsenz begegnet.

Nach der Deutsch-deutschen-Wiedervereinigung fahre ich Anfang der 1990iger Jahre nach Bonn, in die Bundesstadt, in der sich bis 1999 der Regierungssitz der Bundesrepublik Deutschlands befindet. Ziellos bummle ich durch die Straßen. Dabei gelange ich an das Geburtshaus Ludwig van Beethovens und bin überrascht.
Während meiner Tätigkeit als Musiklehrerin in der DDR hospitierte hin und wieder unangemeldet der Fachberater, Herr Wehleidt, in meinem Unterricht. Er war ein Hardliner, ein strenger Parteigenosse der SED, der die kommunistische Linie erbarmungslos und unerbittlich verfolgte. In einer Hospitationsstunde behandelte ich gerade Beethovens *„Eroica“*, die Revolutionssinfonie des Meisters. Das war dem Wehleidt Anlass, sich im Auswertungsgespräch zur Hospitationsstunde über die Errungenschaften des Proletariats nach der Großen Sozialistischen Oktoberrevolution auszulassen. Schließlich kam er auf Beethoven zu sprechen. *„Stellen Sie sich nur einmal vor, was für „Kulturbanausen“ die im Westen sind. Die ignorieren alles Fortschrittliche und haben kein Verständnis für revolutionäre Werte. An Beethovens Geburtshaus in Bonn ist nicht einmal ein kleines Schild, das an den Komponisten erinnert. Nein, so etwas gibt es bei uns im Sozialismus nicht. Wir ehren das revolutionäre Andenken an Beethoven“*, posaunte er mir vor.

Nun stehe ich an einem trüben, regenwolkenverhangenen Spätnachmittag vor dem Beethoven-Haus in Bonn und finde ein gepflegtes Gebäude vor, das Museum, Gedächtnisstätte und Kulturinstitut gleichzeitig ist, das der Pflege der Musik Beethovens und der Erforschung seines Lebens und seiner Werke dient und bin überwältigt. 5,00 Deutsche Mark kostet für mich eine Eintrittskarte. In einer halben Stunde wird das Haus geschlossen. Die Zeit ist zu knapp, um noch hineinzugehen. Außerdem waren 5,00 DM damals viel Geld im Vergleich zu den Eintrittspreisen der Museen in der DDR. Ich tröste mich und sage mir: *„In jungen Jahren schon habe ich versucht, viel über Beethoven zu erfahren. Oft war es nur Stückwerk. Nun kommt es auch nicht mehr darauf an."* Von allen Seiten werfe noch einen Blick auf die Stelle, wo der junge Beethoven gelebt hat und wende mich. Später wurde ich manchmal traurig, wenn ich daran dachte, dass ich in das Beethoven-Haus nicht hineingegangen bin, wenn es auch nur für wenige Minuten gewesen wäre.

Meine Tochter ist musikalisch. Sie singt sehr gut und spielt auch recht ordentlich Klavier. Sie lernt im neunten und zehnten Schuljahr an einer Spezialschule für Musik und lebt in einem Internat. Als nach der Wiedervereinigung Deutschlands viele bildungspolitische Veränderungen das Schulsystem erschüttern, kommt sie an einem Wochenende nach Hause und teilt mir betrübt mit, dass sie an dieser Spezialschule kein Abitur machen will, weil nur noch ein Teil der Reifeprüfung abgelegt werden darf. Sie will diese Bildungseinrichtung verlassen und überlegt, wo sie künftig lernen kann, um die Hochschulreife zu erreichen. Meine Tochter entschließt sich, in die Stadt zu ziehen, in der ihre Brüder und ich leben, lernen und arbeiten. Bei mir will sie wohnen. Sie bewirbt sich an einer Schule, wird aber durch einen Mitarbeiter des Schulamtes, Herrn Kahnicht, einem anderen Gymnasium zugewiesen. Es ist ausgerechnet die Bildungseinrichtung, an der ich selbst als Lehrerin unterrichte. *„Das geht ja nun mal gar nicht. Das will ich nicht. Ich möchte nicht Dich, mein eigenes Kind, in der Schule unterrichten, wo ich die einzige Musiklehrerin bin. Die andere Musiklehrerin wurde versetzt"*, sage ich zu meiner Tochter. Sie will das auch nicht. Also begebe ich mich zu dem zuständigen Mitarbeiter der Behörde und trage ihm unser Anliegen vor. Doch ich bekomme zur Antwort: *„Ich kann Ihrer Tochter keine andere Schule zuweisen. Alle Klassen sind voll. Es gibt keine freien Plätze mehr. Eine Stunde Musik in der Woche! Puh! Das werden Sie wohl schaffen. Das ist ja nun mal nicht so schlimm. Musik ist sowieso nicht so wichtig."* Ich mache eine gute Miene zum bösen Spiel. Was bleibt mir sonst übrig? Im Schulalltag spreche ich meine Tochter und auch alle anderen Schülerinnen und Schüler der höheren Jahrgangsstufen nicht nur mit dem Vornamen an sondern verwende dabei auch die Anrede *„Sie"*. Die Aufgaben für Klausuren und Tests für die Klassenstufe verschließe ich in meinem Schreibtisch und verstecke den Schlüssel, so dass sie ihn nicht finden kann. Sie weiß nicht, welche Leistung ich abfordere und kann auch nichts weitersagen. Auf diese Art und Weise gelingt es, unsere Blutsverwandtschaft und ihre biologische Abstammung geheim zu halten.

Die Abiturprüfungen meiner Tochter sind vorbei, als zwei Kolleginnen und ich im Lehrerzimmer mit dem Ordnen der eigenen Unterrichtsunterlagen beschäftigt sind. Da sagt Frau Wahrl, die Klassenlehrerin meiner Tochter, zu mir: *„Du, sag' mal, ich mach' mir die ganze Zeit schon Gedanken, die Sophia aus meiner Klasse sieht Dir so ähnlich. Seid ihr verwandt?"* Mein erwachsenes Mädchen hat ihre allgemeine Hochschulreife sozusagen in der Tasche. Es kann diesbezüglich für mich nicht mehr unangenehm werden. Also antworte ich: *„Das ist meine Tochter."* Da kommt von der gegenüberliegenden Seite des Raumes Frau Fehlwin, eine Fachlehrerin für Biologie und Chemie, auf mich zu und sagt ganz verdutzt: *„Hätte ich das gewusst, hätte ich Deiner Tochter in der Bioprüfung keine 3 gegeben. Es hätte auch zur 2 noch gereicht. Das konnte ja keiner ahnen."* Für einen Moment war ich sprachlos. Wie kann man nur einen Bewertungsunterschied machen, weil es sich um ein Kind einer Kollegin handelt? Ich schaue der Fehlwin scharf in die Augen und antworte konsequent: *„Na, sie wird es wohl überstehen."*

Nach ihrem bestandenen Abitur beginnt Sophia ein naturwissenschaftliches Studium. Für zwei Semester bekommt sie von der Europäischen Union zur Förderung der transnationalen Zusammenarbeit im Bildungsbereich ein *„Sokrates-Stipendium"*. Das führt sie nach Österreich. Mit meinem elfjährigen Sohn, Towo, fahre ich in meine *„Traumstadt"* Wien, wo meine Tochter wohnt und studiert. Die Reise dahin haben wir für ein paar Tage in München unterbrochen. Die Eltern eines Bekannten meiner Tochter hatten uns eingeladen. Gemeinsam bewundern wir einige Sehenswürdigkeiten in der bayrischen Landeshauptstadt. In dem bedeutendsten Rokokotheater Deutschlands, dem *Cuvilliés-Theater*, das sich heute im sogenannten Apothekenstock in der Münchner Residenz befindet und mich, wenn ich dort bin, immer wieder sehr an die *Dresdner Semperoper* erinnert, lauschten wir den Klängen lieblicher Musik und im *Hofbräuhaus* traditioneller Musik in original bayrischer Unterhaltung mit *„Schuhplattlern und Goasslschnalzern"*.
Bei unserer Besichtigungstour streiften wir auch die *Musikhochschule* und die *Christuskirche*, zwei ehemalige Wirkungsstätten des Herrn K., des Kreuzkirchenkantors, unter dessen Leitung die beiden Jungen, Chrisgol und Towo, in der Folgezeit musikalische Prägung erfuhren.
An unserem Reiseziel in Wien angekommen, quartieren wir uns in einem Hotel im Stadtzentrum im Gemeindebezirk *Josefstadt* ein, nicht weit von der Unterkunft meiner Tochter entfernt. Leider hatte ich mich in München bei unserer Quartiergeberin mit einem Schnupfen angesteckt, der mich unangenehm belastete. Dennoch ließ ich keine Gelegenheit aus, um ein wenig auf den Spuren Beethovens zu wandeln. Wir hatten noch keinen Stadtplan, wollten jedoch zur *Akademie*, wo einst Werke von Beethoven uraufgeführt worden sind. Mein Sohn sagte: *„Mutter, wir finden das Haus nie."* Doch unbeirrt und wie im Traum schritt ich den Weg zur *Akademie* und schließlich standen wir vor dem Gebäude. Meine Tochter musste Lehrveranstaltungen besuchen und hatte

wenig Zeit, die sie mit uns verbringen konnte. Wir jedoch waren auf die Herbstferien der Schule angewiesen, um überhaupt mit ihr in Wien zusammen zu sein. Langsam ließ auch mein Schnupfen nach und es ging mir gesundheitlich besser.

Entspannt bummeln wir bei strahlendem Sonnenschein durch den *Wiener Prater* und ich sinniere, wie Beethoven wohl durch die grünen Auen spaziert sein mag. Wem wird er begegnet sein? Mit wem hat er gesprochen? Während ich meinen Gedanken nachhänge, dreht mein Sohn schwindelerregende Runden in einer Gondel des Blumen-Riesenrades. Beethoven, wie würdest Du Dich fühlen, wenn Du das alles sehen könntest? Wir jedenfalls fühlen uns gut und sind frohen Mutes. Kühn und entschlossen fahren wir mit dem über 100 Jahre alten Riesenrad, dem weltberühmten Wahrzeichen Wiens. Danach sitzen wir unter schattigen, grünen Bäumen in einem Biergarten und essen *„Wiener Schnitzel"* ... In einem Lied, das der deutsche Musiker Stephan Remmler komponiert und produziert hat, heißt es: *„Alles hat ein Ende, nur die Wurst hat zwei. Jawoll, mein Schatz, es ist vorbei, doch du mußt nicht traurig sein ..., denn alles hat ein Ende, nur die Wurst hat zwei"*. Und so geht auch die schöne, aufregende und zugleich beschauliche Zeit im *„Wurstlpark"*, wie ihn die Wiener liebevoll nennen, einmal zu Ende. Als ich am Abend in der Herberge in meinem Bett liege, geht mir vor dem Schlafengehen eine Melodie aus der Operette *„Der Favorit"* von Robert Stolz durch den Sinn. Es klingt in meinen Ohren und ich höre Richard Tauber singen: *„Im Prater blüh'n wieder die Bäume, in Sievering grünt schon der Wein. Da kommen die seligen Träume. Es muss wieder Frühlingszeit sein ..."*
Da will ich wiederkommen nach Wien.

Am letzten Tag vor unserer Abreise fahren wir in den Stadtteil Grinzing, der für die Wiener einer der schönsten Orte ihrer Stadt ist und der durch seinen Weinanbau und seine Weinkultur über die Grenzen Österreichs hinaus bekannt ist. Petrus meint es sehr gut mit uns. Obwohl der Kalender bereits Ende Oktober anzeigt, ist es sonnig und wohlig warm.

Wir schlendern durch die Gärten der Restaurants und Weinstuben, vorbei an den Tischen und Stühlen, auf denen zahlreiche Gäste Platz genommen haben, denn in Wien geht man, wenn man sich erholen und ausspannen, genießen und feiern will, gern zum *Heurigen*, sitzt beim *Heurigen* und trinkt *Heurigen*, einen jungen Wein, der laut österreichischem Weingesetz nur vom 11. November, dem *„Fest des heiligen Martin"*, bis zum 31. Dezember des Folgejahres ausgeschenkt werden darf. Wir genießen das Flair dieser Urlaubsoase bei vollem Bewusstsein. Wir setzen uns nicht. Wir trinken keinen Most oder Wein, auch keinen Heurigen, aber wir lauschen den verführerischen, süßen Geigenklängen, die dahinschmelzend unsere Ohren erreichen.

# *Van oder von*

Das Musikangebot wird nach der Wiedervereinigung Deutschlands recht reichhaltig. Nun dürfen alle alles hören. Kinder und Jugendliche fragen mich, ihre Musiklehrerin, mitunter, ob sie dieses oder jenes Gesangsstück interpretieren dürfen. Dann sage ich: *„Alles ist erlaubt, außer verfassungsfeindliche Lieder."* Bisweilen richten sie an mich auch die Frage: *„Welche Musik haben Sie am liebsten?"* Dann antworte ich: *„Ich bevorzuge keine bestimmte Richtung der Musik. In manchen Situationen ist es angenehm, Unterhaltungsmusik zu hören, in anderen hört man lieber ernste Musik."* Die jungen Menschen sind mit dieser Antwort zufrieden, finden das *„Klasse"* und lächeln mich an. Im Nachhinein sprechen wir über verschiedene Genres und Stilrichtungen der Unterhaltungsmusik, der U-Musik, und der ernsten Musik, der E-Musik. Einzelne Kinder schreiben bekannte Namen von Komponisten und Interpreten an die Tafel und ordnen ihnen mit farbiger Kreide Titel ihrer Werke zu. Die Mädchen und Jungen freuen sich über das bunte Tafelbild und übertragen es fein säuberlich in ihre schriftlichen Unterlagen.

Manche Eifrigen bringen ihre Lieblingsmusik auf Tonträgern mit und wollen sie voller Begeisterung vorstellen und vorspielen oder zumindest kurz anspielen. Ich erlaube das, wenn ich mit der Mitarbeit und Disziplin der Unterrichtsstunde zufrieden bin und bis zur Pause noch ein paar Minuten Zeit sind. Viva la musica! Es lebe die Musik!

Fällt der Name Ludwig van Beethoven, so höre ich oft: *„Das ist falsch geschrieben. Das heißt nicht van Beethoven, sondern von Beethoven."* Dann entgegne ich: *„Nein. Es steht richtig an der Tafel. Weiß jemand, warum es van Beethoven heißt?"* Wenn ich Glück habe, melden sich ein paar Kinder, die es wissen: Als ein Adelsprädikat ist *von* ein Namenszusatz für eine adlige Person und bezeichnet einen bestimmten gesellschaftlichen, sozialen Rang. Der niederländische Namensbestandteil *van* bedeutet keine Adelsbezeichnung. Ludwig van Beethoven war kein Adliger.

*... historisch und zukunftsweisend*

## *Beethovens Bedeutung als Mensch und Musiker für unsere Zeit*

Seit dem 26. März 1827, dem Todestag Ludwig van Beethovens, sind gewaltige gesellschaftliche Umwälzungen geschehen und haben die Welt verändert. Wachsende Krisen, Revolutionen, Kriege, aber auch das siegreiche Vordringen des Proletariats und die Gründung des ersten sozialistischen Staates in der Welt nach der Großen Oktoberrevolution in Russland waren die Folgen tiefliegender Ursachen. Dadurch hatte sich das Bewusstsein der Menschen geändert. Sie prüften und wägten ab, ob die Dinge der überlieferten Kultur noch Bestand haben. Vieles, was ihnen wertvoll erschienen war, versank ins Unbedeutende, Neues wurde geboren.

Die Musik Beethovens überstand nicht nur alle diese Prüfungen, sondern sie vermag es, uns mehr denn je in ihren Bann zu ziehen. Wenn wir heute den Namen Beethoven hören, so wissen wir, dass er die Forderung, bewusst in der Gegenwart zu leben, schon damals erfüllte. Woher kommt jedoch diese unvergängliche Wirkung der Musik Beethovens? Was macht sie so mächtig? Was ließ ihren Schöpfer zum *„Genius der Nation"* werden? Um diese und ähnliche Fragen beantworten zu können, sollte sich jeder Bürger, gleich welchen Alters, mit dem Leben und Schaffen dieses großartigen Menschen, Ludwig van Beethoven, vertraut machen und auseinandersetzen.

## *Beethovens Jugendjahre und die Zeit in Wien*

Der Tag seiner Geburt ist uns verborgen geblieben. Die Eintragung im Bonner Kirchenbuche zeigt den 17. Dezember 1770 als den Tag seiner Taufe an. Sein Vater, Johann van Beethoven, ist Tenorist der Hofkapelle, schlampig vom Wesen und mäßig als Lehrer. Auf die Allgemeinbildung des Kindes legt er wenig Wert. Doch Johann van Beethoven erkennt bald die musikalischen Anlagen Ludwigs und versucht frühzeitig, durch die Begabung seines ältesten Sohnes Geld zu erlangen. Mit acht Jahren muss Ludwig in einem Konzert auftreten. Sein Vater stempelt ihn gewaltsam zum Wunderkind. Er gibt das Alter des Knaben mit sechs Jahren an. Mit elf Jahren erhält Ludwig Unterricht bei Christian Gottlob Neefe. Dieser weiht ihn ein in Johann Sebastian Bachs pianistisches Werk *„Das wohltemperierte Klavier"* und lässt sich von ihm auch als Organist vertreten. Neefe erschließt ihm auch den Zugang zu den Werken von Christian Fürchtegott Gellert und Friedrich Gottlieb Klopstock, von Johann Wolfgang von Goethe und Friedrich Schiller. Neefe schreibt in einer Musikzeitschrift über seinen Schüler, dass jener gewiss ein zweiter Wolfgang Amadeus Mozart werden würde, wenn er so fortschritte, wie er angefangen. Beethoven kommt dieser Hoffnung nicht nur nach, sondern er schafft mit seiner Kunst unvergleichlich Großes. Eigentliche Schule ist für Beethoven allein die Praxis. Schon 13jährig wird er Akkompagnist, das heißt Begleiter bei der Kapelle des Kurfürsten. All seine Bildung erwirbt er sich von nun an in zäher, autodidaktischer Arbeit. Mit eigener Tatkraft studiert er kritisch dichterische und philosophische Schriften. Er betrachtet keine Abhandlung für sich als zu gelehrt, ohne auch im Mindesten Anspruch auf eigentliche Gelehrsamkeit zu erheben. Er ist bestrebt, von Kindheit an den Sinn der Besseren und Weisen eines jeden Zeitalters für sich zu erfassen. Er hofft, dass sich jeder Künstler um die Weiterbildung der eigenen Persönlichkeit bemüht. Freunde fördern Beethoven geistig und gesellschaftlich. Vom Kurfürsten Max Franz erhält er eine Studienreise nach Wien zu Wolfgang Amadeus Mozart. Doch sein Aufenthalt in Wien ist nur von kurzer Dauer. Beethovens Mutter erkrankt. Das ruft ihn zurück in seine Heimatstadt. Dieses zweite Verweilen in Bonn wird für seinen Charakter sehr bestimmend. Sein Vater verfällt ganz der Trunksucht und 17jährig trägt Ludwig schon die Vormundschaft für den Vater und die Brüder. Diese gewiss nicht schönen häuslichen Dinge haben jedoch für Beethoven auch gute Seiten. Zwar bilden die einzelnen Ereignisse für den jungen Ludwig harte Schicksalsschläge, aber wäre er unter günstigeren Umständen aufgewachsen, umsorgt von vermögenden Eltern, bewahrt vor allem Unangenehmen, so erschien zwar alles hell und klar, aber die späteren Enttäuschungen würden umso bitterer sein. Wahrscheinlich hätte er dann nicht die nötigen Widerstandskräfte und würde selbst Opfer seines bitteren Schicksals. Er erlebt sehr früh den Tod des Großvaters, das Verkommen des Vaters, die Folgen der Trunksucht und den damit einhergehenden Verfall des Hauses. Besonders nach dem Tod seiner Mutter wächst sein Wille und sein Ehrgeiz, dem Namen seines Vaters wieder Achtung zu verschaffen, erstarkt seine Entschlusskraft zur Leistung und zum Kampf gegen finstere Mächte, prägt ihn ein großer Wissensdrang. Väterlicherseits hat Beethoven das Zähe der Natur, das In-sich-gekehrt-sein, den Ernst und die flämische Schwere. Ist er temperamentvoll, heiter und auch zuweilen voller Humor, so ist das darauf zurück zu führen, dass seine Vorfahren mütterlicherseits aus dem Rheinland stammen.

22jährig tritt Beethoven eine Reise nach Wien an, die ihn für immer der rheinischen Heimat entführt. Wien war das damalige europäische Musikzentrum, die Wirkungsstätte Christoph Willibald Glucks, Joseph Haydns und Wolfgang Amadeus Mozarts. Der ausgeprägte neue Stil seiner Kompositionen löst hier unter seinen hervorragenden Lehrern heftige Meinungsverschiedenheiten aus. Während eines Besuches bei Mozart sagte dieser prophetisch zu seinen Freunden: *„Auf den gebt Acht, der wird in der Welt einmal von sich reden machen.“* In Wien werden Beethoven auch zum ersten Mal die Kontraste zwischen dem Reichtum prunkvoller Aristokratenpaläste und den dürftigen Behausungen des Volkes, welches diese Paläste bauen musste, so recht bewusst. Hasserfüllt denkt er oft daran, wie ihn sein Vater in solchen Prunkbauten in Bonn zur Schau gestellt hat. Doch er weiß auch, dass er finanziell von den Adligen abhängig ist. So ist es leicht zu verstehen, dass Beethoven über ein besseres Verhältnis zwischen der Aristokratie und dem arbeitenden Volke nachdenkt und politisch interessiert ist.

Ein Thema, das oft genau so breit und sentimental behandelt worden ist wie die Verhältnisse im Elternhaus, ist das Gehörleiden Beethovens. Das *„Heiligenstädter Testament“* gibt ein erschütterndes Bild darüber, wie furchtbar Beethoven darunter gelitten hat. Er besaß ein Gehör, wie wohl kein anderer seiner Zeit. Musikwissenschaftler und Ärzte versuchen, die Ursache seines Leidens zu finden. Wenn die einen sagen, dass bedingt durch ein zu genaues Hinhören, die Laute seiner Umwelt immer mehr abnahmen, und die anderen behaupten, dass dies auf eine Erkältung zurück zu führen sei, so ist wohl beides ungewiss. Fachärzte haben aus noch vorhandenen Anamnesen festgestellt, dass eine Heilung dieses Gehörleidens in unserer Zeit mit an Sicherheit grenzender Wahrscheinlichkeit erfolgen könnte. Die Ärzte sind jedoch zu Beginn des 19. Jahrhunderts noch nicht in der Lage, eine diesbezüglich genau zutreffende Diagnose zu stellen. Eines ist aber gewiss: Die erhabensten, schönsten und besten Werke Beethovens entstehen in der Zeit seines beginnenden Gehörleidens und seiner fortschreitenden Taubheit. Mehr als zuvor geht sein Weg nach innen. Er kann nur noch seine eigene Stimme hören, nicht aber die Interpretationen seiner Kompositionen. Seine Werke werden aus einer geistigen Konzentration musikalischen Geschehens geboren. Lässt sich der taube Meister in den Wiener

Straßen sehen, so läuft hinter ihm sogleich eine Schar Gassenjungen her, die ihn verspotten. Erblickt Beethoven dann und wann Straßenmusikanten in den Gassen Wiens, so spiegelt sich für einige Sekunden ein Schimmer Glück in seinen Gesichtszügen wider. Hat er doch für diese Menschen, die sich auf gar kärgliche Weise ihren Lebensunterhalt verdienen, seine lustigen *„Mödlinger Tänze"* geschrieben. Als der 25jährige Beethoven zum ersten Mal vor der Wiener Öffentlichkeit auftritt, braust ein tosender Beifall durch den Saal. Welches Gefühl hat Beethoven wohl, als er völlig taub mit 54 Jahren zum letzten Mal auf dem Dirigentenpult steht? Wenn dieses Konzert dennoch ein künstlerischer Erfolg wird, so ist der finanzielle umso kärglicher. Beethoven hat sich in seinen Bewegungen nach denen des Konzertmeisters Ignaz Schuppanzigh gerichtet. Voller Humor hat er zuvor einen *„Fallstafferl-Kanon"* auf ihn komponiert. Jener Konzertmeister, der auch Primgeiger des Rasumowsky-Quartetts ist, versucht, Beethoven in künstlerischer Hinsicht zu unterstützen, wo es nur geht.

Ab seinem 49. Lebensjahr verwendet Beethoven kleine Oktavhefte, um sich überhaupt verständigen zu können. Der Meister entwirft in diesen Heften oftmals Skizzen zu seinen Werken. Als Ludwig van Beethoven am 27. März 1927 für immer die Augen schließt, hat das Volk erkannt, dass mit ihm einer der größten Künstler aller Zeiten verstorben ist. 21000 Menschen nehmen an seinem Begräbnis teil und hören die Grabrede des Dichters Franz Grillparzer. Ein Fremder, verwundert über diese Menschenmenge, fragt, was dies zu bedeuten hat. Eine schlichte Frau aus dem Volke antwortet: *„Sie begraben den General der Musikanten."* Diese Worte mögen für den Meister die größte Anerkennung des Volkes gewesen sein.

## *Menschen um Beethoven – Freunde und Gönner*

Den größten Einfluss auf den jungen Beethoven übt wohl der Kapellmeister, Organist und Komponist Christian Gottlob Neefe aus. Er entstammt einer Chemnitzer Schneiderfamilie, hatte in Leipzig Rechtswissenschaft und Musik studiert und besitzt eine umfassende Bildung. Ludwig schätzt ihn sehr als Lehrer und als Menschen.

Auch in der Familie der Frau von Breuning findet Beethoven nach dem Tode seiner Mutter Ersatz für das fehlende eigene Familienleben und genießt wertvolle menschliche und geistige Erziehung. Im Hinblick auf deren Tochter Eleonore gestaltet er später *„seine Leonore"*. Einer der Söhne, Stephan von Breuning, siedelt nachfolgend nach Wien über und bleibt Beethoven bis zu dessen Lebensende ein guter Freund. Breunings Sohn Gerhard ist es zu verdanken, dass es wichtige Augenzeugenberichte über die letzten Lebensjahre Beethovens gibt. 47 Jahre nach Beethovens Tod veröffentlicht er ein Buch mit dem Titel *„Aus dem Schwarzspanierhause"*. Dieses Haus ist in der Wiener Vorstadt *Alsergrund* zu finden. Beethoven verbringt dort die letzten 18 Monate seines Lebens. Die wenigen frohen Stunden verlebt er während dieser Zeit im Kreise der Familie Breuning, die im Nachbarhaus wohnt. An seine eigene Kindheit erinnert, ist er häufig mit dem kleinen Gerhard zusammen, den er spaßig *„Hosenknopf"* nennt.

Franz Ries ist kurfürstlicher Konzertmeister in Bonn und zugleich Ludwigs Geigenlehrer. Sein Sohn Ferdinand war vier Jahre lang in Wien Schüler Beethovens. Er gibt 1838 und 1845 zusammen mit dem Arzt Franz Gerhard Wegeler, dem Gatten Eleonore von Breunings, *„Biographische Notizen"* über Beethoven heraus.

Eine besonders wichtige Rolle im Leben Beethovens spielt der Graf Ferdinand Waldstein. Er übt großen Einfluss auf den jungen Beethoven und dessen weitere Laufbahn aus. Graf Waldstein kommt von Wien an den Hof des Kurfürsten nach Bonn. Ihm ist es zu danken, dass die Wiener Adelskreise Beethoven freundlich aufnehmen. Beethoven widmet Graf Waldstein eine große Sonate in C-Dur. Ende des 18. Jahrhunderts sind die Paläste des Adels noch Schauplätze der Wiener Musikpflege. Beethoven versucht, Eingang in die Kreise der Aristokratie zu finden.

Die politischen Ereignisse haben Beethoven seiner rheinischen Einkünfte beraubt. So muss er sich als Klavierspieler zunächst mühsam seinen Lebensunterhalt verdienen. Allmählich findet er auch als Komponist bei seinen Auftraggebern immer mehr Beachtung. Als Gönner sind hier zu erwähnen die Wiener Souveräne Ferdinand Johannes Nepomuk Joseph Fürst Kinsky, Johann Joseph Fürst von Liechtenstein, Karl Alois Johann Nepomuk Vinzent Leonhard Fürst Lichnowsky, Franz Joseph Maximilian Fürst von Lobkowitz, der Baron Gottfried van Swieten, der russische Gesandte Fürst Andreas Rasumowsky und der Erzherzog Rudoph, der beinahe sieben Jahre von Beethoven Unterricht in Komposition erhält. Beethoven widmet zum Beispiel die drei bekannten Klaviertrios in Es-Dur, G-Dur und c-Moll, opus 1, dem Fürsten Lichnowsky. Eine solche Widmung ist meistens mit einer entsprechenden Geldsumme für den Komponisten verbunden. Beethovens Verhältnis zu den führenden Persönlichkeiten jener Zeit ist nicht immer besonders gut, dennoch ist er von ihnen abhängig.

Im Gewirr der Großstadt Wien findet der unbeholfene Künstler in der Person des um zehn Jahre älteren Ungarn Nikolaus Zmeskall von Domanovecz einen Mentor, der ihm viele Wege ebnet. Zmeskall ist mit Haydn bekannt, und er ist es, der Beethoven zu seinem Meister geleitet. Der wissbegierige und eigenwillige junge Beethoven erhält Unterricht bei Joseph Haydn, der ihn scherzend *„Großmogul"* nennt. Haydn ist jedoch selbst sehr beschäftigt. Deshalb nimmt er die Arbeit mit Ludwig nicht sehr ernst. Das ist der Grund, weshalb sich Beethoven heimlich zu dem Spielopern- und Kirchenkomponisten Johann Schenk in die Lehre begibt. Nachdem der greise Haydn nach London abgereist ist, erwirbt sich der nunmehr 24jährige Beethoven bei dem Theoretiker Johann Georg Albrechtsberger und bei dem Komponisten Antonio Salieri, einem Schüler Christoph Willibald Glucks, einiges Wissen.

Beethoven wohnt als Gast nach dem Tod seines Vaters einige Zeit im Hause des Fürsten Lichnowsky. Der Fürst hatte bei Mozart Unterricht im Klavierspiel erhalten.

Auch der Wiener Pianist Abbè Joseph Gelinek tritt in Beethovens Leben. Die Bekanntschaft beginnt mit einem Wettstreit. Karl Czernys Vater begegnet Gelinek: „*Wohin?*" – „*Ich soll mit einem jungen Klavierspieler, der erst angekommen ist, mich messen; den will ich verarbeiten.*" Einige Tage später: „*Nun, wie war's?*" – „*Ach, das ist kein Mensch, das ist der Teufel; der spielt mich und uns alle todt. Und wie er phantasiert!*"

Bettina Brentano wird während eines Besuches bei ihrem Bruder Franz in Wien das Vertrauen des 40jährigen Beethovens zuteil. Die Familie ihres Bruders ist mit Beethoven befreundet. In begeisterten Briefen an Goethe berichtet sie über den Genius. Durch Bettina Brentano ermutigt, schreibt Beethoven an Goethe und kündigt dem verehrten Dichter ein Exemplar der Musik zu „*Egmont*" an. Mit dieser sinfonischen Ouvertüre zu Goethes Schauspiel „*Egmont*" legt Beethoven ein patriotisch leidenschaftliches Bekenntnis zum Befreiungskampf des niederländischen Volkes gegen die spanischen Unterdrücker ab. Bettina Brentano schreibt an Goethe über Beethoven: „ ... *ich bin zwar unmündig, aber ich irre darum nicht, wenn ich ausspreche (was jetzt vielleicht keiner versteht und glaubt), er schreite weit der Bildung der ganzen Menschheit vo-*

*ran, und ob wir ihn je einholen? – ich zweifle ...* " Dass Goethe sich mit Beethoven in künstlerischer Hinsicht nie völlig verbunden fühlt, zeigt unter anderem auch Goethes Antwort an Bettina Brentano: *„Du hast Dich brav zusammen genommen, um mir eine große und schöne Natur in ihren Leistungen wie in ihrem Streben... wie in dem Überfluß ihrer Begabtheit darzustellen, was aber ein solcher vom Dämon Besessener ausspricht, ... davor kann nur ein Laie Ehrfurcht haben ...* " Es ist unverständlich und betrüblich, dass der Dichterfürst Goethe den Genius Beethoven so verkennt. Beethoven und Goethe lernen sich schließlich in Teplitz kennen. Über ein Erlebnis mit Goethe berichtet Beethoven: *„Könige und Fürsten können wohl Professoren machen und Geheimräte, und Titel und Ordensbänder umhängen, aber große Menschen können sie nicht machen ... Wenn so zwei zusammenkommen, wie ich und der Goethe, da müssen die großen Herren merken, was bei unsereinem als groß gelten kann. Wir begegneten gestern auf dem Heimweg der ganzen kaiserlichen Familie. Wir sahen sie von weitem kommen, und der Goethe machte sich von meinem Arme los, um sich an die Seite zu stellen. Ich mochte sagen, was ich wollte, ich konnte ihn keinen Schritt weiter bringen. Ich drückte meinen Hut auf den Kopf, knöpfte meinen Überrock zu und ging mit untergeschlagenen Armen zwischen ihnen durch. Fürsten haben Spalier gebildet, der Herzog Rudolph hat vor mir den Hut gezogen, die Fran Kaiserin hat zuerst gegrüßt. Die Herrschaften kennen mich. – Ich sah zu meinen wahrem Spaß den Zug an Goethe vorüberziehen. Er stand mit abgezogenem Hut tief gebückt an der Seite.* "

Beethoven kann bei aller Verehrung, die er Goethe entgegenbringt, den Dichter nicht ganz verstehen und macht ihm Vorwürfe. Trotz Wertschätzung kommt es zu keiner vertrauten Freundschaft. Der Staatsbeamte Goethe ist an die Formen des Hoflebens gewöhnt. Mit *„dieser ungebändigten Persönlichkeit"* Beethoven will er nichts gemein haben.

Beethoven begegnet in dem Badeort Teplitz weiteren Damen und Herren, die zur damaligen Zeit vielerorts berühmt waren und Bedeutung erlangt hatten, und trat mit ihnen in Verbindung, beispielsweise mit dem deutschen Chronisten, Erzähler, Biographen, Tagebuchschreiber und Diplomaten Karl August Varnhagen von Ense und der Schriftstellerin und Salonnière jüdischer Abstammung Rahel Varnhagen von Ense, geborene Levin, mit dem deutschen Dichter Christoph August Tiedge und mit der Sängerin Amalie Sebald.

Beziehungen zu Frauen spielen in Beethovens Leben auch eine Rolle. Seine Freunde meinen: *„Beethoven war nie ohne Liebe.“* Seine Neigungen beziehen sich jedoch meistens auf Damen aus der Aristokratie. Eine Ehe scheitert deshalb an unüberbrückbaren Klassengegensätzen.
Die Schönheit der Komtesse Giulietta Guicciardi hat ihn betört. Er glaubt, dass sie seine Liebe erwidert, dennoch schreibt er: *„Ich fühle, daß Heiraten glücklich machen könnte. Leider ist sie nicht von meinem Stande ...“*
Auch erfasst ihn eine leidenschaftliche, innige Liebe zu Therese Malfatti. Er weilt oft als Gast bei Hausmusiken im Landhaus der Familie Malfatti in Hitzing. Einen Heiratsantrag Beethovens weist sie ab.
Nach Beethovens Tod findet man im Geheimfach seines Schreibtisches einen dreiteiligen Brief voll glühender Leidenschaft an die *„Unsterbliche Geliebte“*. Wann und wo dieser Brief geschrieben wurde, lässt sich nicht mit Sicherheit feststellen. Auch an wen der Brief gerichtet ist, weiß man nicht, vielleicht an Therese Malfatti, Giulietta Guicciardi, Josephine oder Therese von Brunswiek oder an wen sonst.

Die Beziehungen zu Josephine von Brunswiek sind für Beethoven gleichsam bedeutungsvoll. In Alfred Amendas Buch *„Appasionata“* ist zu lesen, dass Beethoven wahrscheinlich von der damals bereits verheirateten Josephine von Brunswiek eine Tochter hat. Ob dies zutrifft, lässt sich heute nicht mehr nachprüfen und bleibt deshalb nur eine Hypothese.

Oft weilt Beethoven im Wiener Prater. Joseph II. hat in dem einst riesigen Tierpark der Habsburger *„jedermann ... frey spatzieren zu gehen erlaubt"*. In einem Briefchen an Ignaz Gleichenstein schreibt Beethoven: *„Da ich mit meiner Zeit nicht auslange diesen Morgen, so komme ich gegen Mittag zum wilden Mann im Prater, ich vermute, daß ich dort keine wilden Männer, sondern schöne Grazien finden werde, und dafür muß ich mich noch harnischen ..."*

Eine der selbstlosesten Freundinnen Beethovens ist Nanette Streicher, die Tochter des Augsburger Klavierfabrikanten Johann Andreas Stein. Mit ihrem Ehemann Theodor A. Streicher, einem Jugendfreund Schillers, besitzt sie in Wien selbst eine bekannte Klavierfabrik. In dem Streicherschen Klaviersalon werden oft Kammermusikwerke des Meisters aufgeführt. In Haushaltsangelegenheiten steht Nanette Streicher Beethoven mit Rat und Tat zur Seite.

Zu erwähnen ist noch der Musiker und Mechaniker Johann Nepomuk Mälzel, der in Wien als Erfinder des Metronoms, eines Taktgebers, bekannt wird. Der 43jährige Beethoven schreibt nach Wellingtons Sieg vom 21. Juni 1813 *„Die Schlacht von Vittoria"* für Mälzels mechanisches Musikinstrument, das *„Panharmonikum"*.

Anton Schindler ist seit Beethovens 50. Lebensjahr fast täglich um den Meister. Beethoven nennt ihn *„Sekretär ohne Gehalt"*. Durch ihn lernt Beethoven auch eine Vielzahl Lieder des österreichischen Komponisten Franz Peter Schubert kennen. Von tiefster Bewunderung erfüllt veröffentlicht Schindler 13 Jahre nach dem Tod des Meisters die erste Biographie Beethovens.

Franz Schubert ist der einzige Wiener Komponist, dem sich Beethoven geistesverwandt fühlt. Mit Schubert ist es nie zu einer näheren Bekanntschaft gekommen, obwohl ihm Beethoven seine *„Variationen op. 10"* gewidmet hat. Am 26. März 1827 steht Schubert ergriffen am Sterbelager des schon bewusstlosen Meisters. Schubert hat begriffen, welche gewaltigen Werke Beethoven der Nachwelt hinterlässt.

Ein bis in unsere Zeit hochgeachteter Meister, der sich speziell mit der technischen Seite des Klavierspiels beschäftigte, ist Carl Czerny. Über 1000 Werke hat er hinterlassen. Auch er steht mit Beethoven in engster Verbindung.

## *Beethovens Einstellung zu den politischen Ereignissen seiner Zeit*

Das Werk Ludwig van Beethovens kann nicht losgelöst von seiner Zeit, ihren politischen und sozialen Zuständen, ihren großen Bewegungen und gewaltigen Kämpfen, ihren Ideen und Bestrebungen erfasst werden. Es gibt zwar auch heute noch Menschen, die behaupten, dass die Musik Beethovens ihre wahrhaftige Größe nicht durch ihren Ideengehalt, sondern durch ihre Harmonie erreicht habe. Aber wendet sich Beethoven nicht selbst entschieden gegen diese Behauptung, wenn er sagt: *„Übe nicht allein die Kunst; dringe auch in ihr Inneres! Sie verdient es, denn nur die Kunst und die Wissenschaft erhöhen den Menschen bis zur Gottheit.*" Würde man in Beethovens Musik nur die meisterhafte Beherrschung der Instrumentation und der Satztechnik gelten lassen, so hieße das, seiner Musik den fortschrittlichen Inhalt und die poetischen Ideen zu nehmen.

Beethoven ist ein Zeitgenosse der Französischen Revolution von 1789 bis 1799. Er lässt sich mit 19 Jahren, getrieben von einem unbändigen Wissensdurst, an der Universität Bonn immatrikulieren. Dort hört er als Student die Vorlesungen des Literaturprofessors Eulogius Schneider, der ein leidenschaftlicher Anhänger der Revolution ist.

Die sozialen und politischen Umwälzungen, ihre Ideen und Losungen üben auf die politisch denkenden Menschen im damaligen Deutschland eine große Anziehungskraft aus. Die wirtschaftliche und kulturelle Entwicklung im 18. Jahrhundert wird durch die *„Kleinstaatelei"* gehemmt. Die Mehrheit der Bevölkerung ist von mittelalterlichen Lasten und Abgaben bedrückt und leidet sehr unter den dürftigen und rückschrittlichen Verhältnissen. Die Losung *„Freiheit, Gleichheit, Brüderlichkeit"* wird deshalb von den führenden Vertretern des damaligen Geisteslebens lebhaft begrüßt. Der Begriff der Freiheit gewinnt in Beethovens Leben zunehmend an Bedeutung, nicht im Sinne von Gesetzlosigkeit und Willkür, sondern vielmehr deutet er ihn politisch und im höchsten ethischen Sinne. Beethoven ist der erste Komponist, der so stark politisch interessiert und engagiert ist. Er kämpft gegen erstarrtes Kulturgut. Er ist kein Nein-Sager, sondern ein Denkender, Neues an die Stelle des Alten ersinnend. Er fordert eine nationale Einigung und kämpft für eine demokratische Revolution in Deutschland. Die kapitalistische Entwicklung ist besonders in West- und Südwestdeutschland am weitesten fortgeschritten. Das Echo auf die Französische Revolution ist deshalb in diesen Gebieten am stärksten und löst beachtliche Volksbewegungen aus. Alle diese Ereignisse und geistigen Bewegungen beeindrucken den aufgeschlossenen, begeisterungsfähigen und temperamentvollen jungen Beethoven. Die revolutionären Ereignisse in Frankreich und die fortschrittlichen Bewegungen im Rheinland bewirken, dass er sich zu einem aufrechten Republikaner und entschiedenen Demokraten entwickelt. Auch an der revolutionären Musik Frankreichs hat er großes Interesse. Als Beethoven mit 22 Jahren in Wien ankommt, hat sich seine kämpferisch demokratische Weltanschauung in ihren Grundzügen bereits herausgebildet. In Wien sucht er Umgang mit Vertretern der Französischen Republik. Er verehrt Napoleon Bonaparte als Konsul und Willensvollstrecker der bürgerlichen Revolution. Nach dessen Kaiserkrönung wendet sich der 34jährige Beethoven jedoch hasserfüllt von ihm ab, weil die Völker Europas unter den Napoleonischen Eroberungskriegen zu leiden haben. Napoleonische Offiziere sind als Eroberer und Okkupanten in Wien eingezogen. Er tritt ihnen entgegen mit seinen Worten: *„Wenn ich als General von der Strategie verstünde, was ich als Komponist vom Kontrapunkt verstehe, ich würde euch schon etwas zu schaffen geben."* Damit schafft sich Beethoven unter seinen Auftraggebern Feinde. Mit Begeisterung begrüßt Beethoven die nationale Erhebung gegen die napoleonische Fremdherrschaft in Deutschland. Wie die besten Vertreter des Fortschritts tritt er ein für eine nationale Einheit und demokratische Freiheit durch die Befreiungskriege. Als Napoleon in der Völkerschlacht bei Leipzig eine Niederlage erleidet, beabsichtigt Beethoven, *„auf den Leipziger Oktober ein Nationallied zu schreiben und dieses alle Jahre aufzuführen"*. Was die monarchistischen Herrscher dem Volk versprochen haben, hält nicht lange. Das ist für Beethoven eine bittere Enttäuschung. Er ist 44 Jahre alt, als der *Wiener Kongress* mit dem Ziel der Neuordnung Europas stattfindet. Die Grenzen werden neu festgelegt. Politisch bevollmächtigte Vertreter aus rund 200 europäischen Staaten, Herrschaften, Körperschaften und Städten, darunter alle bedeutenden Mächte Europas mit Ausnahme des Osmanischen Reiches, beraten unter Leitung des österreichischen Außenministers Fürst von Metternich. Russland, das Vereinigte Königreich von Großbritannien und Irland, Österreich und Preußen sowie das wiederhergestellte Königreich Frankreich und der Vatikan spielen dabei eine führende Rolle. Die deutschen Fragen werden angesichts ihrer Komplexität und ihres Umfangs getrennt von den übrigen europäischen Angelegenheiten beraten.

Beethovens letzte Schaffensperiode wird bestimmt vom Widerstand gegen das reaktionäre Regime Metternichs. In aller Öffentlichkeit gibt Beethoven seine politischen Ansichten preis, verhöhnt die kaiserliche Justiz wegen ihrer Bestechlichkeit und Willkür, die Aristokratie wegen ihrer Demoralisation, die Polizei wegen der Überschreitung ihrer Befugnisse, den Kaiser mitsamt des kaiserlichen Hofes, der den Profit immer zunehmender aus der Bevölkerung herauspresst und dadurch seinen Reichtum immer mehr vergrößert. Bis an sein Lebensende bleibt Beethoven ein Patriot und entschiedener Verfechter des gesellschaftlichen Fortschritts. Diese progressive Idee bringt er ganz besonders im Schlusschor seiner 9. Sinfonie zum Ausdruck mit der Vertonung von Schillers Ode *„An die Freude"*.

## *Beethoven und die Religion*

Dieses Thema hat gewiss schon viele Auseinandersetzungen und Meinungsverschiedenheiten hervorgerufen. Jede Religion, jeder Verkünder einer Religion bildet Werte heraus, die anderen als gut gegenüber stehen. Bei den Gläubigen werden bestimmte Gefühle hervorgerufen. Das sogenannte Gute soll von allen erstrebt, das sogenannte Böse von allen vermieden werden. Eine Seite darf also nur erlebt werden. Man könnte schlussfolgern, dass das Leben also nur ein halbes Leben ist. Beethoven kennt nicht nur das Eine. Er weiß von beiden Seiten, gibt sich auch beiden im Erleben hin. Beides kann gut sein, nicht nur das Schöne, das Angenehme, das Ästhetische. Dazu äußert er sich: *„Ganz erleben kann nur der das Leben, der auch hindurchgegangen ist durch die Sinnlosigkeit des Schicksals, der sich ganz der Freude hingab und der auch die Macht des Bösen kostete.“* Das Schmerzliche, all das Schreckliche ist gut, wenn der Mensch in ihm steht und es zu meistern versucht. Beethoven schreckt nicht vor dem Chaos seines Lebens zurück, sondern gibt Sinn allem Unsinn.

Das Christentum ist ein uns im Ursprung fremdes Gut. Es ist orientalisch, spricht von Glauben und Demut, von Verzicht und Ergebenheit in fremden Willen, vom Danken und Bitten. Es hat sein Symbol im Leiden Christi und hat das Kruzifix als Erlösung von der Menschheit Sünde. Es spricht von Erbsünde, macht Bußtage erforderlich, Tage der Zerknirschung und des Flehens um Gnade. Wie hilflos zeigt es oft den Menschen! Die Religion ist aus der Hilflosigkeit Armer und Verzweifelter, aus den Sorgen der Unterdrückten und Gequälten entstanden. Das Christentum in seiner Form des Mittelalters war nur durch Macht, durch weltliche Macht und durch Vernichtung anderer Kulturen möglich.

Beethoven kann das Christentum in dieser Form nicht bejahen. Ethische Forderungen, die es aufweist, enthielten und enthalten auch andere Religionen. Wenn Beethoven dem Christentum nicht ganz angehören kann, so setzt er sich in seiner Kunst darüber hinweg, weil er, wie Romain Rolland sagt, *„die schöpferische Kraft der Natur"* selbst ist. Beethoven gestaltet alles selbst vom Urbeginn an nach eigenem Erleben. Es ist ein dauernder Kampf um ihn. Er setzt den Sinn des Lebens neu durch *„den Kampf zum Sieg des geistigen Helden"*. Sein Kampf ist den Kämpfen der germanischen Sagenhelden vergleichbar. Ihr Streiten gegen Riesen und Drachen ist gleich zu setzen seinem Kampf gegen die Macht des Schicksals.

*„Ich will dem Schicksal in den Rachen greifen"* ist kein von ihm geprägter theologischer Satz, sondern in ihm lebt ursprüngliches Heldentum, das seinem Schicksal kämpfend gegenüber steht. Beethoven opfert sich nicht den Mächten der Finsternis, deren Sinn im Jenseits liegt. Sein Schicksal ist durch seine Musik ein Sieg geworden. Der Held gibt nicht nach. Opfern bedeutet ihm Sinnlosigkeit. Für alle Zeit gehört sein Geist dem Diesseits. Er zwingt einen Sinn in sein Leben. Nach dem Versinken in das Reich der Finsternis kehrt er zurück als siegreich Vollendeter zum irdischen Jubel. In Beethoven steht der orientalischen Flucht aus dem Leiden und der Resignation das *„Dennoch"* gegenüber. Das Bezwingen des Schicksals mündet in Freude. Kein Jenseitstrost mehr, der Trost ist diesseits gefunden. Er erlebt die große Schicksalsmacht nicht mehr als Tragödie, sondern als Freude, die durch den Schmerz geläutert wurde.

In seiner *„Missa solemnis"* steht uns der Meister selbst als Religion gegenüber mit der Bitte um inneren und äußeren Frieden, der erkämpft werden muss. Mit dieser feierlichen Messe und der 9. Sinfonie erreicht Beethoven den Gipfel seines Schaffens.

Nach Bachs *„H-Moll-Messe"* ist sie das bedeutendste religiöse Oratorienwerk. Die Musiker sind bei der Interpretation nicht nur Reproduzierende der klanglichen und sinnlichen Wirkung seiner musikalischen Einfälle und der Form, sie sind Vermittler und Verkünder einer geistigen Offenbarung. Sie zeigt sich immer wieder neu in den verschiedensten Variationen. Wenn wir teilhaben an Beethovens Musik und diese Offenbarung erfahren, werden wir durch dieses geistige Erleben um vieles reicher.

## *Beethoven – der Improvisator*

Von vielen seiner Zeitgenossen ist überliefert, wie Ludwig van Beethoven gleich Johann Sebastian Bach im Improvisieren wunderbar und nicht zu übertreffen ist. Er gehört zu den größten Improvisatoren aller Zeiten.

Die freie Improvisation, das Spiel aus dem Stehgreif, gab es schon in der Zeit vor Beethoven. Meist war es eine rein spieltechnische Angelegenheit, die zwar Geist haben konnte, ihn aber nicht brauchte. Ein typisches Beispiel dafür ist die Konzert-Kadenz. Zu Bachs Zeiten wurde die ungeheure Beherrschung des Kontrapunktes bewundert und auch die perfekte Manual- und Pedaltechnik beim Orgelspiel. Damals wie heute werden beim Improvisieren Perfektion und Form bestaunt. Mit Recht staunt man über das Improvisieren einer Tripelfuge. Zwar kann man durch hartes Studium das Improvisieren erlernen, es bleibt aber eine technische Angelegenheit, gegebenenfalls noch eine klangliche. Sie muss aber nicht mit einer gehaltvollen Komposition vergleichbar sein.

Bei Beethoven ist die Improvisation von seinem Geist völlig durchdrungen. Seine Willenskraft, das unbändige Schicksal zu beugen, ist stärker als alle Ausbrüche seines Temperamentes. In seiner Kindheit hat er kaum Allgemeinbildung erhalten. Er entwickelt sich dennoch zu einer Persönlichkeit, die sich mit den geistigen Bewegungen seiner Zeit gründlich auseinandersetzt. Mit sehr viel Selbsterziehung und gewaltiger Energie schafft er sich einen Namen, der stets unter den bedeutendsten Musikern der Welt genannt werden wird.

## *Beethovens Philosophie*

Manche geistige Beziehung lässt sich zwischen Beethoven und den Philosophen seiner Zeit finden. Seine Anschauungen decken sich in vielen Teilen mit denen Johann Gottlieb Fichtes. Für beide gilt: Jedes Gut ist nur dann von Wert, wenn es erworben wurde durch die Überwindung des Gegensatzes. Wahre Freude gibt es nur dann, wenn sie aus einem unendlichen Schmerz heraus entstanden ist. Erlebnis bedeutet Kampf, der zum Sieg führt wenn der Mensch mit seinem ganzen Ich völlig in ihm steht.

Schiller und Beethoven verfolgen beide das Ideal der Freiheit. Der Unterschied zwischen ihnen besteht darin, dass Beethoven der Urschöpferische ist, während bei Schiller Denkprozesse den Vorrang haben. Die Weltanschauung Beethovens entfaltet sich sekundär aus seiner Musik. Zu allererst ist er Musiker, dann Denker.

Beethoven schätzt Immanuel Kant. Er findet bei ihm wieder, was er bereits besaß, bevor er sich mit Kants Philosophie beschäftigte: Die Freiheitsidee. Einzelheiten der Kantschen Lehre berühren ihn nicht.

Über Beethovens Beziehungen zu anderen Philosophen seiner Zeit ist viel geschrieben und spekuliert worden. Fragmente und Texte sind entstanden. Unsere Zeit hat sich in weltanschaulicher Hinsicht verändert und ist um neue Ideen reicher geworden, die vieles aus einer anderen Blickrichtung betrachten.

## *Beethoven in seiner Musik*

Schnell erlernt Beethoven die musikalische Sprache Haydns und Mozarts. Er arbeitet dort weiter, wo sie aufgehört haben. Seine Musik ist ein persönliches Bekenntnis zu ihnen. Sie ist Ausdruck seines Inneren und er nimmt keine Rücksicht auf gesellschaftliche Konventionen. Unbekümmert um Sitte und Gebrauch, offen und aufrichtig komponiert er. Seine Gefühle haben Symbolcharakter. Nie gibt er seine eigenen nackten Empfindungen preis. Deshalb kann er allen alles sagen. Damit schafft er aus seiner Zeit heraus eine neue Sprache der Kunst.

Es gab und gibt Künstler, die in der Vollendung ihrer Kunst eine außer ihr liegende Sache sehen. Sie produzieren und reproduzieren Kunst, nutzen dabei die Konjunktur aus und erwirtschaften damit Geld. Ob sie selbst vom inneren Wert ihrer Kunst überzeugt sind bleibt fragwürdig.

Beethovens Kompositionen sind Offenbarungen und Manifestationen. Beethoven fügt seinen Kompositionen bestimmte Bezeichnungen im Nachhinein hinzu. Stehen über einzelnen Werken bestimmte Überschriften, so könnten diese über anderen genau so stehen. Beethoven schafft damit einen ganz eigenen Typus. Er gestaltet nicht aus von vornherein bestimmten Bezeichnungen. Andere Menschen hätten vielleicht andere Titel gewählt. Diese Menschen hätten jedoch niemals das ganze Erleben und den ganzen Sinn des Werkes erfassen können. Ihre Worte blieben nur Halbheiten. Mit knappen Worten gibt Beethoven der Öffentlichkeit das Neue an seinem Werk preis, das neue charakteristische, die eine, besonders neue Seite seiner Musik. Beethoven spricht von sich nie als Komponist. Er fühlt sich als ein Tondichter. Die klassische Dichtung bedient sich des Wortes und der Sprache. Seine Tondichtung besitzt eine Sprache, in die sich zu vertiefen immer wieder lohnt, um sie ganz zu erfassen.

Es ist eine Kunstsprache, deren Worte jedes Mal als freie Schöpfung neu gefunden werden müssen. In der Tonsprache findet sich das Moment der Wiederholung häufiger als in der Wortsprache. Verwandtschaftliche Beziehungen zwischen Ton- und Wortsprache finden sich nur sehr bedingt. Das ist beispielsweise der Fall bei Franz Schuberts Liedvertonungen, wo die Klavierbegleitung ganz im Dienste des Textes steht. Ganz anders verhält es sich bei den Liedvertonungen Robert Schumanns in der späteren Epoche der Romantik, wo die Begleitung als eigenständiges Klavierstück durchaus ihre Berechtigung hätte. Die Tonsprache kann durch Variationen Neues sagen, während die menschliche Sprache dafür andere Worte benötigt. Im Thema oder im Motiv bildet die Musik etwas Neues. Sie artikuliert es, hält es fest, verändert es oder wiederholt es. Die Musik schreitet vorwärts, verwandelt, stellt um, reiht neu aneinander und führt zu neuartigen Ideen. Weitere Werke entstehen. Musik ruft in der Regel bei dem Rezipienten schöne, angenehme Empfindungen hervor. Damit verfolgt sie das gleiche Ziel wie vollendete Dichtung. Auf die Sonatenhauptsatzform bezogen, setzt sich der Komponist in der Durchführung mit dem geistigen Geschehen auseinander, verwirklicht es und gibt ihm einen Schwerpunkt. Bei Beethoven ist das Thema oder Motiv sozusagen ein Einzelwort des Gesamtgedankens, während es bei Mozart im Thema schon ganzheitlich ist. Beethovens Themen tragen den Grundcharakter seiner Tonsprache in sich.

Die meisten Menschen im Mittelalter bis hin zur Zeit Beethovens waren geprägt von Furcht vor dem Fortschritt und von Angst vor neuem Werden und Wachsen. Beethoven distanziert sich von dieser Einstellung. Er wagt den Vorstoß in alles Bedrohliche und die Gefahr. In seinem Ringen mit dem Schicksal entsteht aus dem Chaos heraus seine kämpferische, mitreißende Musik. Er formt und bezwingt von Anfang an das Chaos seines Lebens. Fest in allem Ungemach steht sich selbst überlassen sein schöpferischer Geist. Voll zähen Mutes gestaltet er sein Werk; hierin zum Teil vergleichbar mit Schiller. Haydn, Mozart und Goethe können nebeneinander gestellt werden. Sie haben gemeinsam, sie stellen dar: Haydn die Natur, Mozart den Menschen und Goethe das Leben, oft sein eigenes. Mozarts Musik ist, wie keine andere, erfüllt von seinem Wesen. Sie weckt bei dem Rezipienten Vertrauen und Gutgläubigkeit an das Gute im Menschen und der Umwelt. Das Hören seiner Musik hinterlässt Frohsinn und Freude. Kein Austausch von Problemen und Konflikten wird gesucht, sondern angenehme Unterhaltung, Zerstreuung und Abwechslung.

Anders verhält sich das bei Beethoven. Das Hören seiner Musik animiert keinesfalls zu belanglosen Plaudereien. Seine Meisterschaft hinterlässt bei dem Rezipienten einen tiefen, schweigenden Nachklang, entrückt ihn wahrhaft der Umwelt, regt ihn zum Nachdenken an. Gesprochene Worte zerstören alles. Reicher als vorher kehrt der Hörer zu den Menschen zurück, wenn Beethovens musikalische Offenbarung ausgetragen ist und selbst Leben wird. Jede seiner Sinfonien ist ein Eingehen in das Reich des Geistes. Allem Irdischen entzogen erklingt der langsame Satz. Im Scherzo kehrt Beethoven zurück. Durch den polaren Gegensatz bilden Adagio und Scherzo eine Einheit. Gegensätzliche Kräfte ergreifen den aufmerksamen Zuhörer bereits im 1. Satz, finden aber keinen Beschluss in seinem Ende, der Coda. Getrennt werden sie in den Mittelsätzen weitergeführt. In einem bildhaften Vergleich entrückt der langsame Satz den Menschen ins Universum in den Glanz der Sterne. Schelmenhaft kehrt er im Scherzo zur Erde zurück. Das idealistische Adagio steht dem realistischen Scherzo gegenüber. Der letzte Satz holt die Konflikte noch einmal hervor, aber nicht mehr als Kampf, sondern als Synthesis. Beethoven stimmt beiden zu und wächst in seinem Streben und Vorwärtsdringen über sie hinaus. Er prüft seine Ideen genau und gestaltet sie außerordentlich bewusst und präzise.

Seine Intuitionen sind gleichsam Eingebungen aus höheren Welten, die er mit sich umherträgt, versinnbildlicht und zu einem Ergebnis verarbeitet in jahrelanger, zäher Arbeit. Es wird ihm gleichsam nichts geschenkt. Ernsthaftigkeit und Feierlichkeit bilden den Grundtenor seiner Musik, während sich diese bei Haydn und Mozart stellenweise als letzte Ausdruckssteigerung finden lassen. Die Erhabenheit und Größe der Musik Beethovens gibt dem Zuhörer Kraft, sein eigenes Geschick zu gestalten und zu meistern. Beethoven bezwingt das Chaos, ordnet es und formt es zu einem geistigen Ganzen. Seine Kompositionen wurzeln in der deutschen und österreichischen Volksmusik und in der Musik des Barock und der frühen Klassik. Vorbilder sind Johann Sebastian Bach und Georg Friedrich Händel, Joseph Haydn und Wolfgang Amadeus Mozart. Aber auch Elemente der französischen Revolutionsmusik finden sich bei ihm wieder. Sein schöpferischer Genius durchdringt die Widersprüche seiner Epoche mit vorwärtsweisender Klarheit. Er studiert die früheren Meister und schwingt sich mit revolutionärer Kühnheit über sie wegweisend hinaus. Beethoven schreibt von Wien aus an seine Freunde in Bonn: *„Nicht nur als Künstler sollt ihr mich größer; sondern auch als Mensch sollt ihr mich besser, vollkommener finden, und ist dann der Wohlstand etwas besser in unserem Vaterlande, dann soll meine Kunst sich nur zum Besten der Armen zeigen. Oh, glückseliger Augenblick, wie glücklich halte ich mich, daß ich dich herbeischaffen, dich selbst schaffen kann.“* Dieser bekenntnisreiche Grundsatz dokumentiert, dass ihm das Wohlergehen des Volkes am Herzen liegt. Seine Persönlichkeit wird geprägt durch eine zutiefst aufrechte, demokratische Haltung, die sich widerspiegelt in seiner leidenschaftlichen, patriotischen Musik: *„Wohltun, wo man kann, Freiheit über alles lieben, Wahrheit nie, auch sogar am Throne nicht verleugnen.“*

# *Beethoven in seinem Werk*

Haydn, Mozart und Beethoven sind die drei bedeutendsten Komponisten der Wiener Klassik. Beethoven ist der jüngste von ihnen. Er entwickelte in stilistischer Hinsicht weiter, was seine beiden Vorgänger begonnen haben. Mit zwölf Jahren entstehen seine ersten Kompositionen. Mit 20 Jahren komponiert er noch in der Bonner Zeit als Frühwerke die beiden Kaiserkantaten auf den Tod Joseph II. und die Krönung Leopold II. Themen aus diesen Werken kehren später in seiner Oper *„Fidelio"* wieder. Mit gedanklichen, geistigen Konzeptionen geht Beethoven nach Wien. Mit 25 Jahren erst beginnt er seine Werke mit Opus-Angaben zu zählen: Drei Trios op. 1. Er studiert bei Haydn, was ihm wenig bringt. Trotzdem widmet er ihm drei Klaviersonaten op. 2. Der Unterricht bei Johann Georg Albrechtsberger und bei Johann Baptist Schenk ist von größerem Nutzen, besonders im Hinblick auf die Studien im Kontrapunkt. Auch die Gesangsstudien bei Antonio Salieri fördern ihn.

Beethovens Werk gestaltete sich in drei großen Schaffensperioden: Die erste Periode vollzieht sich etwa bis zu seinem 30. Lebensjahr, bis zur Entstehung seiner 1. Sinfonie. Beethovens Kompositionen sind geprägt von lebensfroher, jugendlicher, optimistischer Grundhaltung. Das zeigt sich besonders in der populären Werk-Form jener Zeit, dem Septett. Er führt fort, was in der Kunst der Mannheimer Schule begonnen hat, und fühlt sich stilistisch der Thematik Haydns verbunden. Lediglich in der pathetisch-tragischen Tonart c-Moll schreibt er das 3. Klaviertrio op. 1, das 3. Streichtrio op. 9 und die *„Sonate pathétique"* op. 13. Mit 31 Jahren komponiert er in cis-Moll die leidenschaftliche und berühmte *„Mondscheinsonate"* op. 27, Nr. 2, die er der innig geliebten Komtesse Guicciardi widmet. Die Sonate hat keinesfalls etwas mit Mondscheinromantik zu tun, sondern wurde geschaffen aus tiefer Versunkenheit. Das stürmische Finale reflektiert die

Tragik seines Schicksals. Als Beethoven an der Sonate arbeitet, sympathisiert er im Einflussbereich der Französischen Revolution mit den Jakobinern.

Die zweite Schaffensperiode dauert etwa bis zu seinem 47. Lebensjahr. Nicht immer steht die Düsterkeit seines Schicksals im Einklang mit der Stimmung des Werkes. Die *„Sonata appassionata"* und die lebensfrohe 2. Sinfonie sind Beispiele dafür. Unbeugsam ist sein Wille, durch das Schaffen neuer Werke sein zunehmendes Gehörleiden zu überwinden und der Ahnung von der Unheilbarkeit und eines nahen Todes zu entfliehen. In Heiligenstadt, wo er auch das *„Heiligenstädter Testament"* niedergeschrieben hat, komponierte er die *„Eroica"*, seine gewaltige 3. Sinfonie. In dieser Heldensinfonie gestaltet er die humanistischen Ideen, deren siegreicher Vorkämpfer einer neuen Gesellschaftsordnung Napoleon Bonaparte ist. Als Beethoven die Nachricht von der Kaiserkrönung Napoleons erhält, sieht er darin einen Verrat an der Sache der Revolution und zerreißt voller Zorn die Widmung. Beethovens revolutionäres Bewusstsein war mit ganzer Bestimmtheit hervorgebrochen. Mit der *„Eroica"* beschreitet er neue Wege und Beethovens heroische Epoche beginnt. Mit der 5. Sinfonie, der *„Schicksalssinfonie"* entsteht ein weiteres Gipfelwerk seines Schaffens. Programmatisch, mit gewaltiger Energie kämpfend, bezwingt er *„Durch Kampf zum Sieg"* sein eigenes Schicksal und das seiner Zeit. Kraft zum Schaffen bekommt Beethoven durch seine innige Bindung zur Natur. Während eines Spazierganges mit Anton Schindler im Gespräch über die 6. Sinfonie sagte Beethoven: *„Hier habe ich die Szene am Bach geschrieben; und die Goldammer da oben, die Wachteln, Nachtigallen ringsum haben mitkomponiert."* Die Landschaft, die einfachen Menschen, die Bauern, das Landvolk und die Dorfmusikanten regen ihn an, diese lyrische Tondichtung zu schreiben. Die Beziehung der Menschen zur Natur drückt sich schon in den programmatischen Überschriften der einzelnen Sätze aus: *„Erwachen heiterer Empfindungen bei der Ankunft auf dem*

*Lande" / „Szene am Bach" / „Lustiges Zusammensein der Landleute" / „Gewitter, Sturm" / „Hirtengesang" / „Frohe und dankbare Gefühle nach dem Sturm".*

Beethoven hat eine einzige Oper komponiert: „*Fidelio*", ein Hohelied der Gattenliebe und ein Gleichnis des Kampfes der Unterdrückten für ihre Befreiung. Wahrscheinlich hat Beethoven die ersten Skizzen zu seiner Oper bereits mit 33 Jahren entworfen. Es liegen heute drei Fassungen dieses Werkes vor. Die erste ist eine fast originalgetreue Übersetzung aus dem Französischen von Joseph Sonnleithner. Beethoven ist 35 Jahre alt, als die Uraufführung der Oper stattfindet. Es wird ein Misserfolg. Trotz heftigen Widerstandes können Freunde Beethoven zu einer Überarbeitung bewegen. Stephan von Breuning nimmt eine textliche Revidierung vor. Die Oper wird auf zwei Akte zusammengestrichen und geht ein Jahr später erneut über die Bühne. Das Publikum nimmt das Werk aufgeschlossener an. Zwischen Beethoven und dem Theaterdirektor Peter von Braun kommt es jedoch zu heftigen Auseinandersetzungen. Beethoven verlangt seine Partitur zurück. Beethoven ist 43 Jahre alt, als ihn Mitglieder der Wiener Hofoper um seine Einwilligung zu einer Neuinszenierung bitten. Der Meister willigt ein. Vorher jedoch gestaltet er die Oper in mühevoller Arbeit tiefgreifend um. Dass dieses für ihn schwerer ist, als eine neue Komposition zu schaffen, bezeugen seine Worte: *„Die Oper erwirbt mir die Märtyrerkrone."* Die Aufführung der dritten Fassung wird ein Erfolg. Bis in unsere Gegenwart hat sich die Oper „*Fidelio*" als ein bedeutendes Bühnenwerk in den Spielplänen der Opernhäuser einen festen Platz erobert.
Der Text behandelt einen Stoff der Französischen Revolution, ein Befreiungsdrama des Franzosen Jean Nicolas Bouilly: Der für die Wahrheit kämpfende *Florestan* wurde von seinem politischen Gegner, dem Erzreaktionär *Pizarro*, heimlich verhaftet und eingekerkert. Seine Ehefrau *Leonore* verschafft sich Zutritt ins Gefängnis. Dazu bedient sie sich einer List. Bei dem Kerker-

meister *Rocco* nimmt sie als Jüngling verkleidet und unter dem falschen Namen *Fidelio* Dienste an. Ihr Ziel ist die Befreiung ihres unschuldig eingekerkerten Gatten. Sie erfährt, dass *Don Pizarro* mit *Roccos* Hilfe einen Gefangenen ermorden will, der im tiefsten Kerker gefangen gehalten wird. Der Kerkermeister *Rocco* weiß um diesen Mordplan. Dennoch erlaubt er dem Gefangenen gegen den Willen des Gouverneurs *Don Pizarro* einen Gang in freier Luft. *Rocco* und *Fidelio* begeben sich in den tiefsten Kerker, um ein Grab zu schaufeln für den der Willkür preisgegebenen Gefangenen. Im düsteren Kerker erkennt *Leonore* unmerklich in dem Gefangenen ihren Ehemann. Da erscheint der Gouverneur und will den Mord ausführen. Mutig und entschlossen tritt sie ihm entgegen mit den Worten: *„Töt' erst sein Weib!"* Wie wird der kaltblütige *Don Pizarro* reagieren? Vor einem zweiten Mord würde er nicht zurückschrecken, wenn nicht sein eigenes Leben bedroht wäre. Laut ertönt ein Trompetensignal. Es kündigt die Ankunft des Ministers *Fernando* an. *Don Pizarros* tyrannische Macht ist zu Ende. Der Minister lässt ihn einkerkern. Die Oper ist geprägt von einem tief sittlichen und sozialen Aspekt, dem durch die Worte des Ministers eine hohe Verallgemeinerung zuteil wird: *„Es sucht der Bruder seine Brüder und kann er helfen, hilft er gern."* *Leonore* löst die Ketten ihres Mannes von seinen Händen. *Florestan* und seine politischen Mitgefangenen erhalten ihre Freiheit. Zusammen mit dem Volk preisen sie im Schlusschor der Oper *Leonores* Befreiungstat.

Humanistische Ideale verschaffen dem Werk einen hohen Stellenwert in der Opernliteratur. Ein ähnlicher Grundgedanke findet sich in Mozarts Oper *„Die Zauberflöte"*: Die Macht in der Hand des Guten führt zum Guten, in der Hand des Bösen aber zum Bösen. Beethoven richtet die Botschaft seiner Oper an die gesamte Menschheit. Das Publikum soll sich nicht nur für seine Musik begeistern, sondern es soll auch eintreten für die hohen und unsterblichen Ideen der Menschenliebe und des Kampfes für Freiheit und Gerechtigkeit. Als erster Komponist setzt Beethoven sich in seiner Oper und in seinen Sinfonien mit Problemen auseinander, die allein durch Kampf gelöst werden können. Einem Titanen gleich schafft er unermüdlich an seinem Werk, wenn er auch von seinen Mitmenschen nicht immer verstanden wird und in Einsamkeit lebt. Seine Kompositionen werden bestehen, solange es Menschen auf der Erde gibt. Wenn alle Menschen nach den hohen Idealen Beethovens leben, werden seine Zielstellungen zum Allgemeingut.

Bis zu seinem 39. Lebensjahr komponiert Beethoven gewaltige Werke, die auf der Instrumentalmusik Haydns und Mozarts basieren, zum Beispiel die *„Leonoren-Ouvertüre"*, die 4., 5. und 6. Sinfonie und Streichquartette op. 59. Beethoven hat großes Interesse an der deutschen Volksmusik, aber auch an Liedern anderer Völker. Bei dem russischen Gesandten in Wien, dem Grafen Rasumovsky, lernt er russische Volkslieder kennen. Sie bilden die Grundlage für die Bildung der Themen in seinen *„Rasumovsky-Quartetten"*, die er dem Grafen widmet und die in dessen Palast uraufgeführt werden. Beethovens Jugendfreund, der Geiger Ignaz Schuppanzigh, und andere honorierte Künstler spielen bei diesen Aufführungen mit. Höhepunkte dieser Schaffensperiode nach Inhalt und Form bilden die Konzerte für Klavier in G-Dur und Es-Dur und das Konzert für Violine in D-Dur.

Beethovens zweite Schaffensperiode vollzieht sich zwischen seinem 30. und 47. Lebensjahr. Er fördert die Entwicklung des romantischen Liedes durch seine Goethe-Lieder und den Zyklus *„An die ferne Geliebte"*, den er mit 47 Jahren vertont. Zwischen Beethovens 40. und 47. Lebensjahr entstehen die Klaviersonaten e-Moll op. 90 und A-Dur op. 101. Diese großen Instrumentalwerke lassen bereits den Stil seiner letzten Schaffensperiode erkennen. Aus einer düsteren Stimmung heraus komponiert er in f-Moll das *„Quartetto serioso"* op. 95. Mit 41 Jahren schreibt er seine 7. und 8. Sinfonie. Besonders die 7. Sinfonie weist in ihrer

Thematik starke Kontraste auf. Zur Zeit des Wiener Kongresses erreicht Beethovens Ruhm während seines Lebens den Höhepunkt. In dieser Zeit schreibt der Meister seine Schlachtensinfonie *„Welligtons Sieg"* und die Kantate *„Der glorreiche Augenblick"*. Zweimal werden diese beiden Werke vor den versammelten Monarchen des Wiener Kongresses aufgeführt. Später bezeichnet Beethoven die Komposition dieser beiden Werke als den größten Irrtum seines Lebens.

Die letzte Schaffensperiode seines Lebens gestaltet sich ab dem 47. Lebensjahr. In den nun folgenden Jahren komponiert er nicht mehr so viele Werke wie vorher. Beethovens Gehörleiden wird von Tag zu Tag schlimmer und er vereinsamt immer mehr. Hinzu kommen Kummer und Sorge um seinen Neffen und Adoptivsohn Karl. Beethoven versucht, ihn zu einem tüchtigen Menschen zu erziehen, was sich äußerst schwierig gestaltet.

In Wien schwärmt das Publikum inzwischen für die Musik des Italieners Gioachino Antonio Rossini. Die letzten Werke Beethovens werden von der neuen Generation der Romantiker nicht mehr mit Begeisterung angenommen. Ludwig Spohr und Felix Mendelssohn-Bartholdy sind Beethoven nicht zugetan. Richard Wagner tritt als erster Komponist für Beethovens 9. Sinfonie ein, einem Werk mit Chor und Orchester. Seit seinem 23. Lebensjahr hat Beethoven den Gedanken gefasst, Schillers *„Ode an die Freude"* zu vertonen. 47jährig beginnt er mit den Skizzen zu dem Werk. In harter, zäher Arbeit ringt er fünf Jahre lang um diesen Hymnus mit seinen Humanitätsidealen. Während er sich in seiner *„Missa solemnis"* dem Jenseits zuwendet, ist seine monumentale 9. Sinfonie ein Bekenntnis zum Diesseits. Der Kampf, den Beethoven führt, hat die Freude als Ziel. Sie ist dort zu Hause, wo *„alle Menschen Brüder"* sind. Der Hymnus wird 1971 vom Ministerkomitee des Europarates zur Europahymne erklärt. Die Geschichte lehrt uns, dass diese Aufgabe zu lösen, schwerer denn je geworden ist und in Gänze utopisch erscheint. Dennoch sollte nichts unversucht bleiben, ein glückliches Leben und Wohlstand für alle Menschen auf friedlichem Wege zu erstreben.

Haushaltssorgen und Einsamkeit bedrängen den gehörlosen Meister. Mit seiner Kunst erhebt er sich über die Misere seines Alltags. Seine Ideen weisen über seine Zeit hinaus. Mit 48 Jahren schreibt er die heroische *„Hammerklaviersonate"* in B-Dur op. 106. Kämpferisch und optimistisch versucht er, all sein Leid in den Griff zu bekommen und zu überwinden. Das italienische Wort Fortepiano bedeutet im deutschen Sprachgebrauch Hammerklavier. Beethoven versucht, die italienischen Fremdwörter in der Musik zu vermeiden und durch deutsche Bezeichnungen zu ersetzen. Sein Vorhaben scheitert am Verhalten der Verleger. Beethovens Verleger und Kopisten klagen über seine schwer lesbare Notenschrift. Beethoven nennt sie dann *„Schreibsudler"*, was soviel wie Dilettant und Nichtskönner bedeutet: *„Das ist gerade, als wenn die Sau die Minerva lehren wollte."* Beethoven versteht es sogar, Gassenhauer durch seine Musik zu veredeln. Zeugnis davon legen die humorvollen Variationen über die volkstümlichen Lieder *„Ich bin der Schneider Kakadu"* und *„Wir sind die Sänger von Finsterwalde"* ab.

Gipfelwerke des altersreifen Meisters sind die letzten Streichquartette op. 130 bis 133, subjektive Bekenntnisse zum Leben. Unter sein letztes Streichquartett in F-Dur op. 135 schreibt er: *„Muss es seyn?"* Er gibt sich mit ungebrochener Willenskraft selbst die Antwort: *„Es muss seyn."*

## *Gedanken zu Beethovens künstlerischem Schaffen*

Haben Sie, liebe Leserin und lieber Leser, einmal die Mühe und Überwindung nicht gescheut, sich in Beethovens Musik hinein zu denken und zu fühlen, so finden Sie ständig Neues, Fortschrittliches und Außergewöhnliches, Heroisches und Überragendes, das Sie im kognitiven Denken beflügelt.

Wir leben in einer von Technik beherrschten Zeit. Dennoch finden sich Menschen, die sich musikalisch betätigen. Sie tun es nicht, weil sie es müssen oder weil ihnen ein materieller Vorteil daraus erwächst. Sie tun es, um den Meistern der Töne näher zu kommen und die Musik vergangener Epochen und auch die zeitgenössische Musik besser zu verstehen. Die Musiker der heutigen Zeit interpretieren nicht nur Musik. Sie erlangen auch musikwissenschaftliche Kenntnisse über das Leben und das Schaffen der Meister.

Beethoven kann jedem von uns Vorbild sein in der Vervollkommnung des eigenen Lebens: Du kannst, denn du sollst. An dir liegt es zu sagen: Ich will, ich kann, ich werde können, was ich will. Wenn du nur desinteressiert guter Musik gegenüber stehst oder nörgelnd Kritik übst, so geht dir vieles Schöne im Leben verloren. Du machst dir die Musik zu eigen, wenn du selbst singst, musizierst, Musik hörst und Musikgeschichte betreibst. Dieses Wollen soll aber nicht in der vollkommenen Analyse bestehen, wie es heutzutage oftmals gefordert wird, beispielsweise im schriftlichen Abitur des Leistungskurses Musik. Dieses Wollen soll auch nicht darin bestehen, dass wir die Höhen und Tiefen bei Beethoven auffinden oder gar die Sätze eines Werkes nach besser oder schlechter vergleichen und am Ende stöhnen weil uns das bei seinen letzten Streichquartetten nicht gelingt. Ja, wir müssten Beethoven gleich sein, wenn wir das Wunderbare nicht nur ahnen, sondern alles erfassen und durchschauen wollen.

Die Begrenztheit unserer Forschung ist uns bewusst, dennoch sollten wir um ein Bild ringen, das uns dem Wesen dieses Genius näher bringt.

Am 26. März 1952 jährte sich Beethovens Todestag zum 125. Mal. Der deutsche Politiker und einzige Präsident der Deutschen Demokratischen Republik, Wilhelm Pieck, sagte in einer Festrede: *„Ich rufe die deutschen Künstler auf, von Beethovens gesellschaftlichem Verantwortungsbewusstsein zu lernen, das ihn dazu brachte, immer wieder von neuem an seinen Werken zu arbeiten, bis er das künstlerische Ziel, das ihm vorschwebte, erreicht hatte. Diese Selbstkritik ist der einzige Weg zur künstlerischen Meisterschaft."*

Goethe formulierte es so: *„Was du ererbt von deinen Vätern hast, erwirb es, um es zu besitzen."* Sein Ausspruch ist hochaktuell. Nach diesen Worten gilt es zu handeln, damit Beethovens Werk in den lebendigen Besitz aller Menschen des deutschen Volkes einbezogen wird. Nicht nur als Künstler, sondern auch als Mensch, als nie ruhender, immer kämpfender, strebender ist er uns Vorbild. Die Einheit zwischen seiner Persönlichkeit und seinem Schaffen ist einzigartig. Geprägt von einem starken Gefühl der Verantwortung vor dem Volke, fand er Kraft und Mut schwersten Schicksalsschlägen zu trotzen und sie zu bezwingen. Für einen Musiker gibt es nichts schlimmeres, als nichts mehr zu hören. Mutig bekämpfte er seine anfängliche Verzweiflung: *„Kraft ist die Moral der Menschen, die sich vor anderen auszeichnen, sie ist auch die meinige."* Mit diesen Worten hat er wegweisend sein eigenes Leid überwunden. Seine Werke sind durchdrungen von der Erkenntnis, dass nur ein unerschrockener Kampf und tätiges Schaffen eine Basis für Glück und Frieden zwischen den Menschen und den Völkern sein können. Seine Musik ist ein Appell und eine Friedensbotschaft an die Menschheit und zugleich Ausdruck der Freude. In der nutzbringenden Arbeit sah er die höchste und edelste Lebensaufgabe. Beethovens Vorstellung vom Heldentum ist die eines Patrioten und Revolutionärs, der die unüberwindliche Kraft des nationalen und sozialen Befreiungskampfes verstanden hat und diese aktiv unterstützt. „*Durch Kampf zum Sieg!*" ist die Grundidee seines Lebens, die sich in seinen Werken widerspiegelt: „*Wem sich meine Musik verständlich macht, der muß frei werden von all dem Elend, womit sich andere schleppen.*"

Wenn heutzutage die Menschen in der Welt Wissen über Beethovens Leben erwerben, die Beweggründe für seine Schaffensprozesse kennen lernen und ihn achten, so wird ihnen auch der revolutionäre Geist seiner Werke immer deutlicher. Sein Kampf für Wahrheit, Freiheit und Brüderlichkeit sei auch der unsere.

## *Kunst*

Kinder und Jugendliche fragen mich oft:
*„Welche Musik hören Sie am liebsten?“*
Dann antworte ich:
*„Ich bevorzuge keine bestimmte Richtung der Musik.*
*In manchen Situationen ist es angenehmer Unterhaltungsmusik zu hören,*
*in anderen Lebenslagen hört man lieber ernste Musik.“*
Die jungen Menschen sind mit dieser Antwort zufrieden,
finden das *„Klasse“* und lächeln mich an.

... ... ...

## *„Alle echte Kunst ist moralischer Fortschritt.“*

Diese Worte Ludwig van Beethovens zeugen davon,
dass originale, wahrhaftige, qualitätsvolle künstlerische
Meisterschaft
ein hohes ethisches Gut ist.

Dies ist ein Grund mehr
sich mit dem im Folgenden dargestellten Meister der Töne
vertraut zu machen.
Er ist einer, den man kennen sollte.
Es lohnt sich.

*... bedeutungsvoll und unvergessen*

## *Étienne-Nicolas Méhul*

Mit Begeisterung die Spuren von Etienne-Nicolas Méhul zu erkunden und seiner Musik Raum zu geben, erquickt und bringt jeden, der sich darauf einlässt, in eine belebende Stimmung. Auch 200 Jahre nach seinem Tod haben die folgenden Darlegungen ihre Gültigkeit nicht verloren und werden es auch in Zukunft nicht tun. Sie verstehen sich nicht als ein streng wissenschaftlicher Beitrag zur Musikgeschichte. Vielmehr wird diese zwanglose Abhandlung bei der geschätzten Leserin und dem geschätzten Leser den Wunsch wecken, am Leben des Komponisten Étienne-Nikolas Méhul und seiner Musik Anteil zu nehmen und dabei Wissenswertes und Interessantes zu erfahren. Auf Vollständigkeit und lückenlose chronologische Auflistung seiner Werke wird in den folgenden Ausführungen verzichtet.

Einige biographische Angaben zu Étienne-Nicolas Méhul schaffen einen Zugang zu diesem vielerorts unbekannten Komponisten: Étienne-Nicolas Méhul wurde am 22. Juni 1763 als Sohn des Haushofmeisters des Comte de Montmorency in dem kleinen Ort Givet, in den Ardennen geboren. In der Publikation *„Musikgeschichte des XIX. Jahrhunderts"* ist der 27. Juni 1763 als Geburtsdatum angegeben. (2.) Es ist aber durchaus möglich, dass dieses Datum den Tauftag dokumentiert, denn es war damals üblich, die Kinder umgehend nach der Geburt zu taufen. Seine Eltern waren arme Leute. Bei einem mittellosen, blinden Organisten erhielt er den ersten Musikunterricht. Mit zehn Jahren folgte er diesem im Amt nach und spielte im Kloster des Ortes die Orgel.

In Marcel Frémiots Artikel über Méhul in *„Die Musik in Geschichte und Gegenwart"* heißt es, dass er bereits mit zehn Jahren die Orgel der Franziskanerkirche in Givet gespielt hat. (1.) – Es stellt sich nun die Frage, ob diese Kirche zum Kloster des Ortes gehörte. Die Übereinstimmung der Angaben dieser beiden musikwissenschaftlichen Werke ist gewährleistet, wenn das der Fall ist. – Bald darauf wurde Méhul in ein Nachbarkloster, das Kloster Lavaldieu, aufgenommen, wo er bei einem dort wirkenden deutschen Mönch, mit dem Namen W. Hauser, ein Musikstudium begann und im Kloster das Amt eines stellvertretenden Organisten annahm. Durch Ermutigung eines reichen Musikliebhabers, der den 16jährigen hatte Orgelspielen hören, ging Méhul 1779 nach Paris mit einer Empfehlung an Christoph Willibald Gluck. – Laut Musiklexikon finden wir Méhul bereits 1778 in Paris. (3.) – In der Folgezeit erhielt Méhul von Gluck einigen Unterricht. In das Jahr 1779 fällt auch die Erstaufführung von Glucks Oper *„Iphigenie auf Tauris"* in Paris, die Méhul mit Begeisterung hörte. Bei dem 1749 in Straßburg geborenen Cembalisten und Komponisten Jean-Frédéric Edelmann setzte er seine Studien, nachdem Gluck Paris verlassen hatte, besonders im Fach Komposition fort. Mehr und mehr wandte er sich der Bühne zu. Das mag in erster Linie auf den Einfluss Glucks zurückzuführen zu sein. Die Manuskripte seiner ersten vier nicht zur Aufführung bestimmten Opern sind verloren gegangen. Die sechste Oper erst, *„Euphrosine"*, wurde aufgeführt nach dem Ausbruch der französischen Revolution. In der nun folgenden Zeit wurde ihm mancher Erfolg zuteil. Er schloss sich einem, die Revolution fördernden Kreis von Künstlern an. Vom Jahr 1793 an schrieb er in verstärktem Maße Werke für Revolutionsfeste. Er war Mitglied des Orchesters der Nationalgarde und half beim Aufbau des Konservatoriums mit. 1795 wurde Méhul zu einem der vier Inspektoren des *Conservatoire* und am 2. September 1795 zum Mitglied der *Académie des Beaux Arts*, einer französischen Gelehrtengesellschaft, ernannt. Méhul stand in jener Zeit auf der Höhe seines Ruhmes. Für seine Tätigkeit am Konservatorium hatte er seine berühmten *Solfeggien*, Gesangsübungen auf die *Solmisationssilben do, re, mi, fa, so, la, si, do,* geschrieben. Kurze Zeit danach heiratete er, ließ sich aber bald wieder scheiden. 1802 übernahm er mit dem Opernkomponisten Francois-Adrien

Boieldieu, mit den Komponisten Luigi Cherubini, dem maltesischen Komponisten französischer Herkunft Nicolas Isouard, dem Violinisten, Dirigenten und Komponisten Rodolphe Kreutzer und dem Violinisten Jacques Pierre Joseph Rode den ersten Staatsmusikverlag in der Geschichte des Musikverlagswesens, das 1793 gegründete *„Magasin de Musique"*. Im gleichen Jahr wurde er auch Mitglied der Ehrenlegion. In dieser Zeit gehörte Méhul zu den Haupttriebkräften, die während der französischen Revolution einen ernsthaften Versuch zur Vergesellschaftung des Musiklebens, zur Demokratisierung des Inhaltes und des Charakters der Musik unternahmen.

Seine Werke wurden besonders nach 1800 viel aufgeführt, auch im Ausland. In Wien zum Beispiel spielte man noch zu seinen Lebzeiten zwölf seiner Opern, einige davon in zwei Theatern. Trotz des Erfolges und des Glanzes im damaligen Kaiserreich machte sich der zunehmende Verfall der Kunst immer stärker in Méhuls Leben bemerkbar. Seiner Oper *„Les amazones"*, die 1811 uraufgeführt wurde, war ein Misserfolg beschieden. Von nun an lebte er hauptsächlich von dem Geld, das sein Kompositionsunterricht einbrachte. 1816 hatte er nochmals einen Erfolg zu verzeichnen mit seinem Werk, einer Opéra comique, *„La journée aux adventures"*. Der Zeitgeschmack hatte sich auch mehr und mehr gewandelt. Der italienische Komponist und Dirigent Gaspare Luigi Pacifico Spontini war der Liebling des Publikums geworden.

Méhul zog sich in sein *„asile chape"*, in die Stadt Pantin, nördlich von Paris, zurück. Hier widmete er sich der Tulpenzucht als *„amateur passionné"*. Anfang 1817 schickten ihn seine Ärzte in die Provinz. Im Mai 1817 kehrte er jedoch nach Pantin zurück. Er starb am 18. Oktober 1817 an einem Lungenleiden in seiner Pariser Wohnung. (1.), (2.), (3.)

## *Méhuls politisch agitatorische und schriftstellerische Tätigkeit zur Zeit seiner Berufung an das Pariser Konservatorium*

Jene Zeit, nach der Hinrichtung Ludwig XVI. im Jahre 1793, der Übernahme der Macht der Jakobiner und der Gründung der ersten Republik in Frankreich, war geprägt von zahlreichen Revolutionsfesten. Am 8. Juni 1794 veranstaltete der französische Rechtsanwalt, Revolutionär und führende Politiker der Jakobiner, Maximilian Marie Isidore de Robespierre, der auch *„der Unbestechliche"* genannt wurde, ein *„Fest des höchsten Wesens"*. Méhul übernahm den Bezirk Tuilerien. Er machte sich verdient durch die Organisation eines Revolutionschores zu diesem Revolutionsfest. Wie schon eingangs erwähnt, wirkte Méhul ab 1795 am Pariser Konservatorium und wurde im selben Jahr Mitglied der Akademie. Dieser Tätigkeit sind auch zwei 1803 entstandenen Schriften: *„L'ÉXETAT DE LA MUSIQUE EN FRANCE"* und *„Lex travaux des élèves du Cens. à Rome"* zu verdanken. In diesen beiden Abhandlungen entwirft er Pläne einer glorreichen Zukunft der dramatischen, französischen Musik, die durch Synthese der italienischen und deutschen Schule entstehen soll.

Am 21. Januar 1794 hatte er in Absprache mit dem Leiter des Pariser Konservatoriums, Bernard Sarrette, dem Komponisten Francois-Joseph Gossec und weiteren 48 Musikern einen Brief an die Regierung geschrieben, in dem der Vorschlag gemacht wurde, einen Nationalverlag zu gründen, der als Musikmagazin für den Gebrauch der nationalen Feste regelmäßig Kompositionen veröffentlichen sollte, die für patriotische Feiern bestimmt sind. Drei Wochen später traf ein positiver Bescheid ein. Es war dies der erste Staatsverlag für Musik, den die Musikgeschichte kennt. Trotz der günstigen Situation ist die weitere Entwicklung nicht aus den Augen zu verlieren. Das Konservatorium büßte seinen demokratischen Charakter mehr und mehr ein. Der Staatsverlag existierte nur noch im Jahre 1794. Die Revolutionsfeste wurden nur einige Jahre gefeiert. (4.)

Im Juni 1794 schrieb Méhul einen Brief an ein Mitglied der Kommission für Volksbildung. (5.) Darin äußert er sich: „*Ich beeile mich, Bürger, auf Einladung der Kommission für Volksbildung zu antworten und zu versichern, dass man mich immer bereit finden wird, meine Zeit und meine geringen Talente zur Verfügung zu stellen, wenn es sich darum handelt dem allgemeinen Wohl zu dienen. Ich werde mich sofort mit der Hymne Désaugiers beschäftigen. (*) Aber ich würde gern die Absicht der Kommission für Volksbildung über die von ihr gewünschten Mittel der Aufführung kennenlernen. Wird die Hymne in der Oper gesungen, so kann sie einen dramatischen Charakter haben. Sie kann mit musikalischen Malereien, mit Rezitativen, Arien und Chören dargeboten werden. Soll sie aber vom Volk bei den Dekadenfesten gesungen werden, dann müsste man sie notwendigerweise einfacher gestalten. – Das französische Volk ist noch kein Musiker; obwohl es für gute Musik sehr empfänglich ist. Aber mit der Zeit wird es singen und besser singen lernen, wenn erst die Musiker ganz von der Würde ihrer Kunst und von ihrem Einfluss auf das Volk überzeugt sind und ihre weichlichen Lieder vergessen, um ihren neuen Schöpfungen die Größe und Geschlossenheit zu geben, die den republikanischen Künstler kennzeichnen müssen. Lasst mich also wissen, Bürger; ob das Volk die Hymne von Désaugiers singen soll oder ob die Musik, um die die Kommission mich bittet, nur in der Oper aufgeführt werden wird. Ich bin der Meinung, dass das Volk singen und dass der Gesang des Volkes in der Oper übernommen werden soll.*

*Gruß und Brüderlichkeit* *Méhul*“

(*) Marc-Antoine Madeleine Désaugiers war ein französischer Komponist. Er lebte von 1772 bis 1827.

Dieser Brief macht deutlich, dass eine neue Zeit angebrochen ist, eine Zeit, in der jeder Mensch ein geachtetes Mitglied der Gesellschaft sein kann. Stolz und Würde sind die Charakteristika dieser Zeilen Méhuls.

## *Méhuls Opernschaffen*

Méhul als französischer Opernkomponist der Revolutionszeit griff vor allem in seinen Opern das auf, was sich schon lange vor ihm entfaltet hatte. Es war zu einem unaufhaltsamen Erstarken des bürgerlichen Klassenbewusstseins gekommen. In der Musik hatte sich ein heroischer Kompositionsstil herausgebildet, vorangetrieben durch die Werke des belgisch-französischen Komponisten André-Ernest-Modeste Grétry, des italienischen Komponisten Luigi Cherubini und des französischen Komponisten Francois-Joseph Gossec. In der Revolutionsperiode von 1789 bis 1815 stand Méhul neben Cherubini an der Spitze der musikalischen Repräsentanz seines Volkes.

Er versteht es, in seinen bedeutendsten Revolutionsopern die revolutionären Ereignisse nicht bloß als Naturereignisse, sondern als menschliche Konflikte dazustellen. Die Helden seiner Werke stehen sich nicht nur antithetisch starr gegenüber und Gegensätze treten nicht nur in Ausbrüchen zutage. Méhul rückt die Vorgänge im Innern der Akteure ins Blickfeld. Gerade dadurch werden seine Revolutionsopern progressiv. Werkanalysen ergeben, dass dort, wo es um Darstellung innerer Konflikte geht, Méhul, wie auch Cherubini, zur symphonischen Technik greifen (6.)

„*Euphrosine*“ ist die sechste Oper Méhuls, aber auch die erste, die eine Aufführung erlebte. Der genaue Titel lautet „*Euphrosine on Le Tyran Corrigé*“. Das heißt ins Deutsche übersetzt „*Euphrosine oder Der gebesserte Tyrann*“. Das Libretto verfasste der französische Dramatiker Francois-Benoit Hoffmann.

Ein tyrannischer Fürst, *Coradin*, der in seinem Schloss ein Schreckensregiment führt, steht im Mittelpunkt der Oper. Er lebt menschenfern, denn es existiert ein Verbot, das Schloss zu betreten. Nur der Arzt, *Alibour*, darf hereinkommen, um den Fürsten zu behandeln. Drei junge Schwestern, *Euphrosine, Léonore* und *Louise*, deren Vater gestorben ist, werden auf *Alibours* Fürsprache hin im Schloss aufgenommen. Hier erfahren sie von ihm, in welches Milieu sie geraten sind. Der Arzt ist jedoch der Meinung, dass der Schlossherr trotz aller Schwächen nicht restlos schlecht ist. *Euphrosine*, die sich einen Gatten wünscht, nimmt sich vor, ihn zu bessern und zu heiraten. Während ihres Aufenthaltes im Schloss stellen die Mädchen jedoch fest, dass der Fürst weit schlechter ist, als sie vermutet haben. *Euphrosine* tritt dem Wüten *Coradins* mutig entgegen. Sie vermeint, einen guten Kern in ihm zu erkennen und hat längst begonnen, ihm ihre Zuneigung zu schenken. Keck singt sie am Ende des ersten Aktes *„Coradin wird mein Gemahl“*. Doch ihr begegnet in der hochmütigen und habgierigen Herzogin eine Rivalin. Der Fürst muss inzwischen eingestehen, dass er *Euphrosine* liebt. Die Herzogin versucht wiederholte Male vergeblich, *Euphrosine* aus dem Weg zu räumen, doch diese siegt über ihre Rivalin. Die im Schloss Gefangenen werden befreit und *Euphrosine* lässt ihre Melodie aus dem Finale des ersten Aktes triumphieren. *Coradin* ist also der Besserung fähig. Er hat gelernt, dass es besser ist, mit Liebe zu regieren als mit Verachtung und Hass. Alles wendet sich zum Guten.

Ein typischer Aufklärungsstoff bildet die Grundlage der Oper. Es liegt nahe, diesen Inhalt, den Triumph der Liebe, den Charakter *Coradins* und das Komplott, das *Euphrosine* und *Alibour* zu ihrem Ziel bringt, mit den musikalischen Mitteln der *Opèra comique* darzustellen. Die bekannteste Szene der Oper ist wohl das berühmte Duett *„Gardezvous de la Jalousie“*, was übersetzt heißt *„Hüten Sie sich vor der Eifersucht“*. *„Das gewaltigste Beispiel dafür, was die Vereinigung der Kunst der Musik und der Kraft des Dramas im Ausdruck menschlicher Leidenschaft zu leisten vermag“*, so kommentiert und beleuchtet Hector Berlioz, der Schöpfer der poetisch-literarischen Programmsinfonie, dieses Duett. (7.) Die Meinung André-Ernest-Modeste Grétrys (8.) geht sogar dahin, dass er glaubt, Méhul reiche mit diesem Stück an Christoph Willibald Gluck heran, als jener 16 Jahre alt war. Dem Duett liegt ein unscheinbares Motiv zugrunde, das in Oktaven erklingt, vom d zum f und wieder zum d führt. Es erscheint zunächst in den Streichern in tiefer Lage nur von einem Tremolo begleitet. Eine weitere Melodie erklingt recht freundlich und einschmeichelnd. Sie verdeutlicht den Charakter der Herzogin, die ihren weiblichen Charme spielen lässt. Durch eine hinzutretende Ostinato-Figur in der Mittelstimme und das Verleumdungsmotiv im Bass entsteht ein Bild der Heuchelei, das typisch ist für die Verhaltensweise der Herzogin. Méhul steigert das Stück ständig durch unerwartete Modulationen und Variationen des Grundmotives, zu dem später eine rasende Geigenfigur hinzutritt. Nach einer harmonischen Wendung, in der Blech und Pauke triumphieren, stürmt das musikalische Geschehen seinem Schluss entgegen. Trotz aller Widersprüchlichkeit bildet das Stück eine Einheit mit atemloser Steigerung dank der Durchführungstechnik, in der es gearbeitet ist. Méhul muss sich der Auseinandersetzung in diesem Duett bewusst gewesen sein, denn er hat es mit weiteren Teilen der Opernmusik dieses Werkes zu verbinden gesucht, zum Beispiel klingt das Verleumdungsmotiv schon in der Ouvertüre an. Im Finale des zweiten Aktes erklingt dieses Motiv noch einmal. Der komische Grundton des Werkes wird nur in diesem Duett zugunsten eines düsteren, leidenschaftlichen Ernstes aufgegeben. Bilanz ziehend kann festgestellt werden, dass dieses Verleumdungsmotiv zwar eine Sonderstellung im Opernschaffen Méhuls darstellt, aber nicht in der europäischen Musikentwicklung. Betrachtet man nur den unversöhnlichen Gegensatz zwischen *Don Pizarro* und *Fidelio* in Beethovens einziger Oper *„Fidelio"* oder zum Beispiel die Problemstellung in Mozarts Oper *„Die Zauberflöte"*, so erkennt man, dass nicht alle Konflikte durch einen *„durch Aufklärung gebesserten"* Monarchen gelöst werden können, sondern dass durch die sich zuspitzende Klassenlage andere Konfliktlösungen gefunden werden müssen und gefunden werden. (9.)

*„Ariodant"*, eines der bedeutendsten Werke Méhuls, kam 1799 auf die Bühne. *„Motivische Arbeit und Durchführungstechnik sind mit Meisterschaft gehandhabt ..."* und *„Überraschende Modulationen in den Dienst des Ausdrucks ..."* gestellt. (10.) Dass es eines der Hauptanliegen Méhuls war, die Einheit zwischen Musik und Text herzustellen, beweist die Tatsache, dass er in mehreren Stücken den Schluss in der Haupttonart vermeidet. Als Beispiel hierfür sei ein Duett in A-Dur aus dem zweiten Akt angeführt. Überraschenderweise wendet er sich einige Takte vor dem Schluss nach F-Dur. Es folgt nach einem längeren Dialog ein Musikstück in d-Moll. Nun hätte sich aber doch d-Moll mit A-Dur genauso vertragen wie mit F-Dur. Méhul wollte seine Stücke also keinesfalls in undramatischer Weise für sich stehend verstanden wissen, sondern *„Musik und Dialog miteinander verzahnen"*. (11.) Charakteristisch für diese Oper ist auch die in verschiedener Gestalt wiederkehrende chromatisch absteigende Leitmotivtechnik.

Méhul suchte sich nach dem geringen Erfolg dieser Oper der fortschreitenden Zeit anzupassen, ohne jedoch seine Sichtweise wesentlich zu ändern. 1801 komponierte er im italienischen Stil *„L'Irato"*. Im Vorwort dazu schrieb er: *„Ich glaube, dass die Kunst der Musik höhere Ziele hat, als bloß dem Ohr zu schmeicheln und dass sie keineswegs dazu verurteilt ist, immer nur nichts weiter zu sein als charmant ..."* (12.)

Interessant scheint noch, dass Méhul 1806 die Oper *„Uthal"* schrieb, in deren Partitur er einer düsteren Wirkung zuliebe auf Violinen verzichtete. (13.) Der legendäre Sänger Omen bildete den äußerst romantischen Stoff der Oper. Diese Oper hatte jedoch keinen so rechten Erfolg, wie sich das Méhul erträumt hatte, denn der Omen-Stoff war in dieser Epoche recht populär geworden, nicht nur in der Musik, wie zum Beispiel in der 1804 entstandenen Oper *„Ossian"* von Jean-Francois Lesueur, sondern auch in der Dichtkunst. Hier sei an den schottischen Dichter

James Macpherson erinnert, der selbstverfasste Lieder über den irischen Sagenheld *Fingal* als Werke des legendären Sängers herausgab. (14.)

Obwohl Méhuls Hauptschaffensperiode in der Zeit der Revolution lag, sprach man – zumindest in Deutschland und Österreich – von seiner Oper *„Joseph"* als seinem Hauptwerk. (15.) In *„Musikgeschichte des XIX. Jahrhunderts"* wird treffend dargelegt, wie es zur Legende von dem Hauptwerk kommen konnte. Die Komposition wurde außerhalb Frankreichs erst in der Napoleonischen Ära aufgeführt, zu einer Zeit also, in der man für die Opernbühne keine Revolutionsoper wählte. Außerhalb Frankreichs waren und sind Revolutionsopern relativ unbekannt. (16.)
Wenn Méhul etwa von 1800 an zunehmende Anzeichen von Verbitterung aufweist, so haben seine mangelnden Bühnenerfolge wohl nur bedingt daran Schuld. Das Schwergewicht von Méhuls Schaffen liegt in der Revolutionsära. Trotzdem hat es den Anschein, als sei das 1807 entstandene Werk sein wesentlichstes.

*„Nach der Gründung der Kaiserreiches, als die revolutionäre Bewegung völlig erstickt wurde, fand das reiche Schaffen Méhuls ein Ende. Er, der von 1790 bis 1804 trotz seiner eifrigen Mitarbeit am Konservatorium und bei den Festen jedes Jahres (außer 1796) dem Theater ein oder mehrere Werke geschenkt hatte, blieb der Bühne in den Jahren 1805, 1808, 1809 und 1812 fern ... Méhul sah sich der erhabenen Illusionen beraubt, die ihn in der Zeit der Freiheit soviel Kraft verliehen hatten. Er sah, wie seine Kunst, der die Republik die Freiheit gebracht hatte, durch das Kaiserreich in die frühere Sklaverei zurückgeführt wurde. Darum waren seine letzten dreizehn Lebensjahre nicht mehr so fruchtbringend..."* (17.) Franz Brendel kommentierte: *„Einen wahrhaften Sieg aber und bleibende Geltung erlangte er durch sein Hauptwerk „Joseph und seine Brüder", womit er auch in Deutschland seinen Ruf feststellte..." (18.)* und soweit es sich um das Opernschaffen handelt: *„Nie wieder erreicht Méhul nach der Jahrhundertwende die inhaltsreiche Tiefe von „Ariodant"*. (19.) Das Joseph-Su-

jet erfreut sich nach dem Erlangen der Religionsfreiheit durch Napoleon in Frankreich großer Beliebtheit, nicht nur bei den Komponisten, auch beim Publikum. Natur- und Lebensgefühle spiegeln sich in der Oper wider. Das Werk hatte in Deutschland einen noch größeren Erfolg als in Frankreich.

*„Horatius Coclès"*, Méhuls einaktige Revolutionsoper, entstand im Jahr 1794. Ein lapidarer, lakonischer Stiel kennzeichnet sie, wie er in seiner wuchtigen, prägnanten Art der Revolutionsmusik eigen ist. Die Oper ist echt sinfonisch gearbeitet, *„mit einer spannungsvollen Einleitung, einem energiegeladenen Schleifenmotiv im Hauptthema, einer warmen weitgeschwungenen Kantilene im Seitenthema. Von dramatischem Feuer und zugleich erfüllt von echten „Befreiungs"-Intonationen ist die breitangelegte Coda"*. (20.)

Mit der Oper *„Die Jagd des jungen Heinrich"* ist ein merkwürdiger Zwischenfall in der Geschichte der Oper verbunden: Der Textdichter Jean-Nicolas Bouilly hatte eine sehr belanglose Handlung, in deren Mittelpunkt König Heinrich IV. stand, auf die Bühne gebracht. Das Publikum negierte zur Aufführung am 1. Mai 1797 diese Handlung. Es zischte sie aus. Die Musik hingegen fand sehr positiven Beifall. Nach Beendigung der Oper musste die Ouvertüre wiederholt werden. Es kam also zu einer klaren Trennung zwischen dem Librettisten und dem Komponisten, respektive dem Libretto und der Komposition. Die Ouvertüre erfreute sich auch in Deutschland lange Zeit großer Beliebtheit.

Méhul, der anknüpfte an die alten Traditionen der französischen Programmmusik, schuf damit ein *„frisches urwüchsiges folkloristisches Genrestück. Mit seinen musikalischen Mitteln gestaltet er treffend das Bild einer Treibjagd, zeigt im Andante den lieblich erquickenden Anbruch des Tages. Als heitere Kontrastierung hierzu ist der Gesang der rustikalen Landbevölkerung und die dazwischen hallenden Rufe der Waldhörner anzuhören, ebenso das Allegro, das die stürmisch sich entfaltende Hetzjagd* *charakterisiert; über einen Orgelpunkt, dem Grundton, entfaltet sich ein Crescendo, so wie es den Komponisten der Mannheimer Schule eigen war. Gegen Schluß vermag man sogar den Gewehrschuß, den Sieg über das erlegte Wild zu hören... Wie schon in „Horatius Coclès“ so kommt in der Ouvertüre zu „Die Jagd des jungen Heinrich“ den vier Hörnern eine noch programmatischere Rolle zu.* “ (21.) Unwillkürlich wird man dabei auch an Beethovens „*Pastorale*“ erinnert.

## *Beziehungen zwischen Werken Méhuls und Beethovens*

Sowohl in den Ouvertüren, als auch in den Sinfonien machen sich Beziehungen im Stil dieser beiden Komponisten bemerkbar. Kein geringerer, als der im Jahr der Märzrevolution 1830 in Dresden geborene Hans von Bülow war es, der in Deutschland zuerst die Aufmerksamkeit auf Méhuls Ouvertüre zu *„Horatius Coclés"* lenkte. Es ist anzunehmen, dass diese wuchtige und doch gedrungene Ouvertüre auch Beethoven bekannt gewesen ist. Sie ist voll typischer Wendungen, wie sie in Beethovens 5. Sinfonie und seiner Ouvertüre zu *„Coriolan"* zu finden sind.

Méhuls Ouvertüre zu *„Die Jagd des jungen Heinrich"* sollte man besser als Orchesterscherzo bezeichnen. Das trifft umso mehr zu, wenn man den 3. Satz von Beethovens *„Eroica"* mit diesem echten sinfonischen Genrestück der französischen Revolutionsmusik vergleicht. Über die Ähnlichkeit der Sinfonie in g-Moll von Méhul mit der Sinfonie in c-Moll von Beethoven bemerkte schon Robert Schumann, dass einer von beiden bei dem anderen sich Anregungen geholt hat. Schumann vermochte nicht festzustellen, wer es war. Die Musikwissenschaft weiß heute, dass Méhul 1808, im Entstehungsjahr seiner Sinfonie in g-Moll, nur Beethovens 1. und 2. Sinfonie gekannt haben konnte, obwohl Beethovens 5. Sinfonie schon auf dem Papier stand. Wenn also in den beiden Sinfonien motivische Übereinstimmungen vorliegen, so muss dies auf eine Kongenialität, eine ähnliche geistige Haltung der Komponisten, zurückzuführen sein.

Damit soll keinesfalls das Genie Beethovens gemindert oder aber die große und ursprüngliche Begabung Méhuls höher bewertet werden, als es ihr zukäme, sondern lediglich festgestellt werden, dass beide Sinfonien zu den besten ihrer Gattung gehören, die damals mit vollem Recht das Aufsehen der Welt erregten und sich einen der ersten Plätze auf den klassischen Konzertprogrammen sicherten, was heutzutage und in Zukunft ebenso wünschenswert ist. Méhul hat der Gattung der Symphonie wieder zu Geltung verholfen. Der französische Komponist Marcel Frémiot schreibt jedoch in einem Artikel, dass Méhuls Werke dieser Gattung nicht mit denen Beethovens zu vergleichen seien. *„Sie erinnern an Haydn, sind jedoch dramatischer."* Die Ouvertüren hingegen sollten wie sinfonische Werke betrachtet werden. *„Beethoven kannte sie und schöpfte daraus."* (1.)

Wenn Méhul und neben ihm Cherubini Einfluss auf Beethovens *„Fidelio"* haben, so liegt das nicht zuletzt auch an einer gewissen Flachheit des Opernspielplanes um 1800. Nach der Jahrhundertwende ist im Wiener Theater eine Hinwendung zur französischen Oper zu bemerken. 1803 konnte man dort vier Opern Méhuls hören. Möglicherweise hat Beethoven durch die Wiener Aufführung von Méhuls Oper *„Helene"* bedeutende Anregungen erhalten. Überhaupt mag jene Zeit sehr dazu beigetragen haben, dass sich in Beethovens Musik Äußerungen des Geistes der französischen Revolution, Kompositionsprinzipien und Wendungen finden, wie sie aus den Revolutionsmusiken eines Cherubini, Méhul, Gossec, Kreutzer und anderen Komponisten bekannt sind. Wahrscheinlich stand Beethoven mit dem *„Magasin de Musique à L'usage des Fetes Nationales"* in Verbindung und bezog Notenmaterial von dort. Seine Bemerkung aus dem Jahr 1801 lässt darauf schließen: *„ ... es sollte nur ein M a g a z i n d e r K u n s t in der Welt sein, wo der Künstler seine Kunstwerke nur hinzugeben hätte, um zu nehmen, was er brauchte ...* " (22.) Auch die Tatsache, dass die Bassgänge aus einer Bläser-Ouvertüre von Méhul, die im *„Magasin de Musique"* abgedruckt war, für die Bassgänge in Beethovens *„Egmont-Ouvertüre"* Anregung gegeben haben, weist darauf hin.
Ebenso legt Arnold Schmitz in seiner Studie *„Das romantische Beethovenbild"* dar, dass Beethoven von Méhul bedeutende Anregungen erhalten hat. (23.)

## *Méhuls Liedschaffen*

Die bekanntesten Lieder Méhuls entstanden 1794: Das *„Lied des Aufbruchs"* und das *„Lied des 78. Fructidor"*. Die Harmonik der Lieder ist einfach, typisch für sein Liedschaffen, wie für das seiner Zeitgenossen. Die Moll-Variante, die parallele Moll-Tonart und die Moll-Unterdominate wurden bevorzugt. Oft beginnen die Lieder mit einer fanfarenartigen Motivbildung, der Auftaktquarte. Sie sind weiterhin gekennzeichnet durch eine abwärts gerichtete Melodieführung, die im Unisono gesetzt ist. Das bedeutet, dass alle Beteiligten gemeinsam dieselbe Melodie singen. Das kann in verschiedenen Oktaven sein. Ist das Fanfarenmotiv aufwärts gerichtet, so ist oftmals die Quinte des Grundtons Ziel- oder Wendepunkt der Melodie. Eine hervorragende Rolle in der Motivbildung spielen große Intervalle, vorzugweise die Sexte.

Für Méhuls revolutionäre Lieder ist eine sprunghaft aufwärts und in kleinen Intervallen abwärts gehende Melodieführung charakteristisch. Häufig unterbricht er die Linie, setzt sie neu an und findet eine dazu passende Instrumentation. Beim Hören der Lieder entsteht ein eherner Eindruck: Trompetenhaft, kraftvoll, herb und entschlossen. (24.)

Der berühmte Song *„Chant du Départ"*, das *„Lied des Aufbruchs"*, entstand gleichfalls im Jahr 1794. Das Lied wurde von den enthusiastischen Volksmassen bei fast jeder Staatszeremonie gesungen. Das Werk erhielt sogar eine Bühnenfassung und wurde am 19. September 1794 in der Oper aufgeführt. (25.) Damit fand Méhul eine Verbindung zwischen dem revolutionären Massenlied und dem sinfonischen Schaffen.

## *Freunde, Gönner und Auftraggeber Méhuls*

*Christoph Willibald Ritter von Gluck* übte den ersten Einfluss auf Méhul aus, nachdem dieser 1779 nach Paris gekommen war. Gluck war ein deutscher Komponist der Vorklassik und einer der bedeutendsten Opernkomponisten in der zweiten Hälfte des 18. Jahrhunderts.

Um 1790 lernte Méhul *Francois-Benoit Hofmann* kennen, einen französischen Dramatiker, Librettisten und Journalisten, der 1784 nach Paris gekommen war. Er schrieb zahlreiche Texte für Méhuls Opern.

Ein Auftraggeber Méhuls war der französische Schriftsteller *Marie-Joseph Chénier*, der ein bedeutender Dramatiker der französischen Revolution war. Für dessen Tragödie „*Timoléon*" lieferte Méhul 1794 die Ouvertüre und Chorsätze.

Méhuls Oper „*Le jeune Henri*" hat 1797 in Paris im *Théatre „Salle Favart*" eine ruhmreiche Erfolgsaufführung erlebt. 30 Jahre danach erschien die Oper immer noch auf den Spielplänen der *Opéra comique*. 1802 unternahm der Ballettmeister der Pariser Oper, *Pierre-Gabriel Gardel*, den Versuch, sie als Ballett zu arrangieren.

Der französische Komponist und Musikkritiker *Louis Hector Berlioz* verehrte Méhul sehr. Er hat erkannt, dass Méhul ein oft übersehenes Glied in der Kette von *Jean-Philippe Rameau* bis zu *Hector Berlioz* ist. Diese Reihe erstreckt sich von den ersten orchestralen Versuchen und dramatischen Ansätzen des französischen Komponisten und Musiktheoretikers *Rameau*, der von 1683 bis 1764 lebte, bis zu den Ausdehnungen des Tonraumes der Kompositionen von *Berlioz*, dessen Lebenszeit von 1803 bis1869 währte.

Von deutschsprachiger Seite sind zu nennen *Johann Wolfgang von Goethe*, der Méhuls Werke in Weimar aufführen ließ, und *Carl Maria von Weber*, der sie in Dresden dirigierte. In Österreich war es *Franz Schubert*, der Méhuls Werke bewunderte.

Der französische Porträtzeichner *Edme Quenedey* hat einen Kupferstich angefertigt, der den Komponisten Étienne-Nicolas Méhul in Seitenansicht etwa um 1800 darstellt.

Letztlich muss noch der französische Komponist, Dichter und Offizier *Claude-Joseph Rouget*, auch *de Lisle* genannt, erwähnt werden, der 1797 Méhul einen Band Essays in Versen und Prosatexten widmete. *Rouget* war es auch, der 1792 die *„Marseillaise"* komponiert hatte.

# *Zur Bedeutung Méhuls*

*„Es erhob sich die Vision von einer Musik, die ein Band brüderlicher Liebe zwischen allen Menschen schlingen würde, den Lippen des Volkes abgelauscht, voll Größe und Entschlossenheit.“* (24.) Dieses Bild der Musik schwebte Méhul vor. Er wollte durch seine Werke mithelfen, es zu erreichen. Méhul erstrebte ein republikanisches Künstlertum, das Einfachheit, Größe und Entschlossenheit als typische Charakterzüge aufweist. Sein Leben war geprägt von einem engen Kontakt mit dem französischen Volk. Als Folgeerscheinung ergibt sich daraus, dass Kraft, Glanz, Stolz und dramatisches Feuer aus seinen Werken sprechen. Méhuls Stellung als anerkannter Führer der französischen Schule basiert in erster Linie auf der Fortführung der französischen Tradition auf dem Gebiet der Programmmusik und der Sinfonik.

Er ist ein Glied in jener Kette, die im europäischen Musikschaffen über Berlioz hin zur Romantik führt *„Auch Haydns Werke, die in Paris während der Revolutionsjahre bedeutende Geltung besaßen, übten auf Mèhul Einfluß aus.“* (25.) Dieser wiederum hatte hauptsächlich durch seine Oper *„Joseph“* starken Einfluss auf Carl Maria von Weber.

Es muss festgestellt werden, dass im musikalischen Zeitraum von 1789 bis 1816 Méhul neben Cherubini, der ihn zwar in der kompositorischen Meisterschaft, nicht aber im revolutionären Elan übertraf, an führender Spitze stand. Mit seinen Werken war Méhul stets auf der Suche nach der größten dramatischen Wirkung. Der häufige Dur-Moll-Wechsel, neue, erschreckende harmonische Verbindungen, all das steht im Dienst einer theatralischen Deklaration und einer orchestralen Sprache.

Seine Werke aufzuführen, zu achten, zu ehren und dem heutigen Publikum nahe zu bringen, muss mehr denn je Aufgabe eines jeden Musikers in allen Nationen sein. Méhul als einen klassischer Vertreter der Revolutionszeit zu kennen und sein musikalisches Vermächtnis zu popularisieren, sollte auch nach über 200 Jahren nach seinem Tod eine kulturelle und ehrenvolle Obliegenheit sein. Die Verfasserin dieser Darlegung erachtet es darüber hinaus als besonders bedeutungsvoll, dass sich Étienne-Nicolas Méhul für die Belange des Volkes eingesetzt hat. Noch einmal sei am Ende dieser Ausführungen sein Satz genannt: *„Ich bin der Meinung, dass das Volk singen ... soll.“* (5.) Auch heutzutage hat diese Aussage nichts an Aktualität verloren. Die oder der Singende findet leichter Zugang zu jeglichen Genres der Musik, die das Leben bereichern. Wer oft singt, hat Freude und bekommt Lebenslust, wird glücklicher, beschwingter und gesünder.

## Einige Notenbeispiele

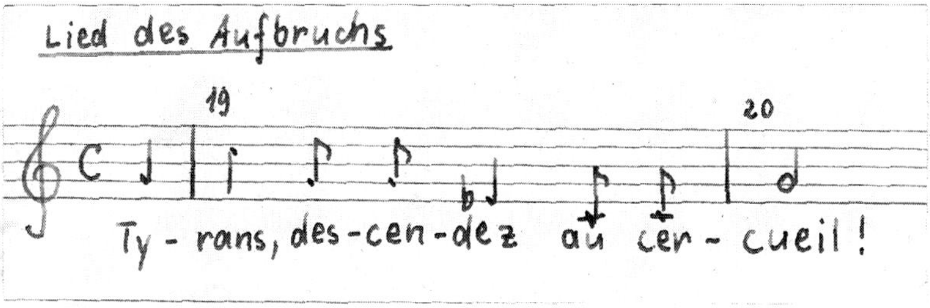


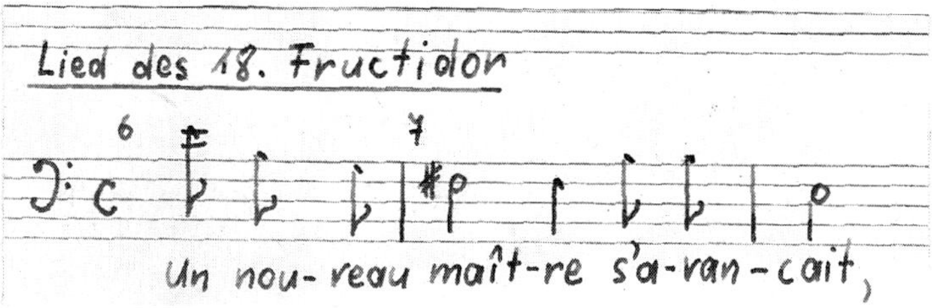


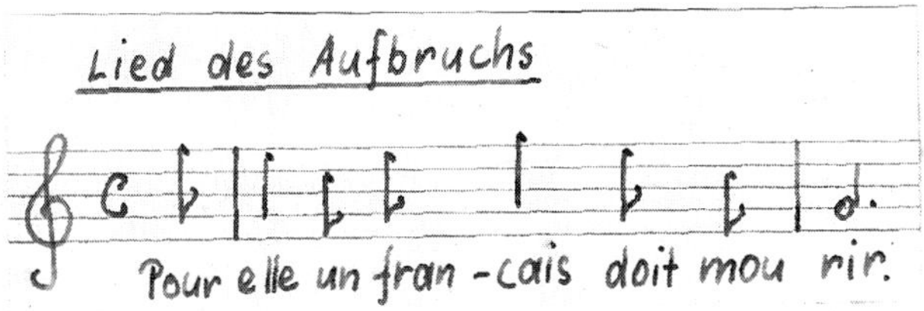


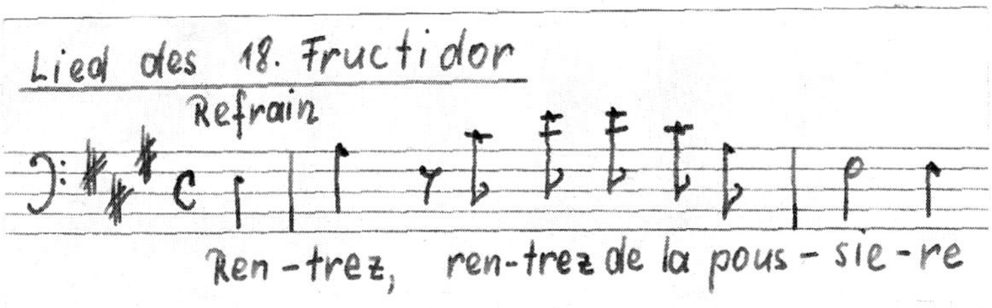

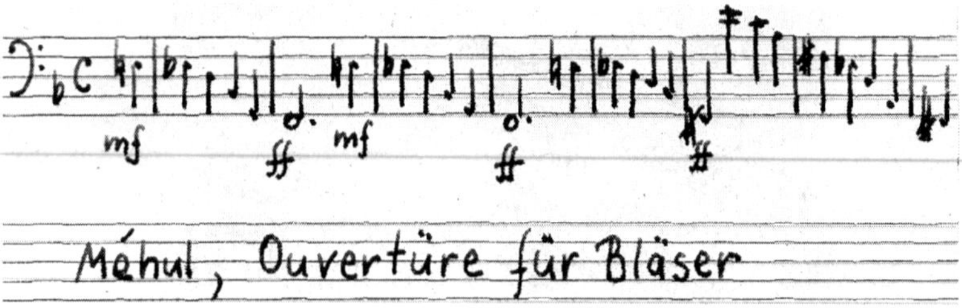

Méhul, Euphrosine

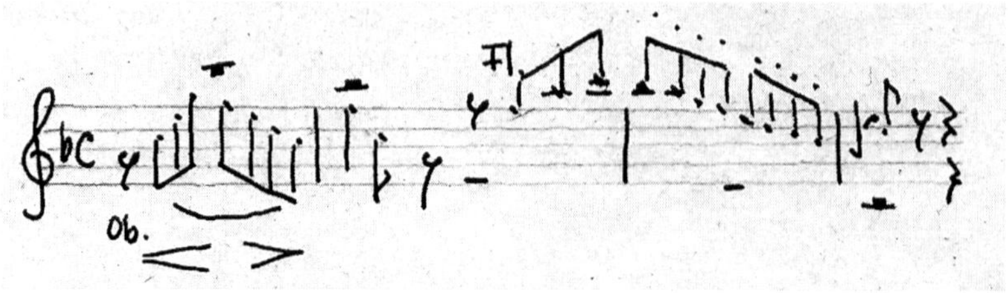

# *Quellenverzeichnis*

1. Die Musik in Geschichte und Gegenwart, allgemeine Enzyklopädie der Musik, hsg. von Friedrich Blume, Bärenreiterverlag Kassel, Basel, Spalte 1898 und 1899

2. Georg Knepler: Musikgeschichte des XIX. Jahrhunderts, Henschelverlag, Berlin, 1961, 1. Bd., S. 124

3. Musiklexikon (Enzyklopädie), hsg. 1966, 1. Auflage, vgl. Méhul

4. vgl. 2., S. 201 f

5. Radiguer: Studienmaterial für die Künstlerischen Lehranstalten, Reihe Musik, Berlin, 1955, H. 2, S. 39

6. vgl. 2., S. 180 f

7. Alexander L. Ringer: A French Symphonist at the Time of Beethoven: Étienne-Nicolas Méhul, in: Musical Quarterly, 1951, H. 37, S. 543 ff

8. Grétry: Mèmoirs ou Essais sur la Musique par le C(en) Grètry, Paris Pluriose, An V, tome 2 ème, p. 59

9. vgl. 2., S. 166 ff

10. vgl. 2., S. 231

11. vgl. 2., S. 234

12. vgl. 2., S. 234

13. vgl. 2., S. 234

14. Meyers Taschenlexikon A-Z, VEB Bibliographisches Institut, Leipzig, 1963

15. H. J. Moser: Musiklexikon, Hamburg, 1955

16. vgl. 2., S. 230

17. vgl. 5., S. 73

18. Franz Brendel: Geschichte der Musik in Italien, Deutschland und Frankreich, Leipzig, 1860, S. 328 f

19. Heinrich Strobel: Die Opern von É. Méhul, Zeitschrift für Musikwissenschaft, 6. Jahrgang, 1924, 7, S. 390

20. Konzertbuch, hsg. von Karl Schönewolf, Henschelverlag Berlin, 1961, 1. Bd. 17. – 19. Jh., S. 260

21. vgl. 20., S. 261 ff

22. Brief an Hofmeister, Wien, 15. *„(oder so was dergleichen jenner)“* 1801, in: Kalischer, Beethovens sämtliche Briefe, Berlin und Leipzig, 1906 ff, Bd. 1, S. 61

23. Arnold Schmitz: Das romantische Beethovenbild, Ferdinand Dümmlers Verlag Berlin und Bonn, 1927

24. vgl. 22., S. 125 ff

25. vgl. 1., Spalte 1899

## *Über die Autorin*

*Foto: Jürgen Münster, Dresden*

Gisela Hunger, geborene Oschatz, erhielt ab ihrem zehnten Lebensjahr Klavierunterricht und brachte sich autodidaktisch das Blockflötenspiel bei. Vorfahren mütterlicherseits waren musikalisch aktiv und spielten Harfe und Zither. Ihr Vater hatte sich in seiner Kindheit im Geigenspiel erprobt und als Jugendlicher vor seiner Einberufung als Soldat in den Zweiten Weltkrieg im Bass des Kirchenchores mitgesungen. Die Autorin sang seit ihrem 10. Lebensjahr in verschiedenen Chören in der Stimmlage Sopran mit und legte 21jährig die Chorleiterprüfung ab.

Sie studierte in Zwickau Musik und Deutsch für das Lehramt mit dem Abschluss des Staatsexamens. Während des Studiums erhielt sie Klavier- und Gitarrenunterricht. Privat nahm sie Orgelunterricht. Mit 48 Jahren promovierte sie an der Philosophischen Fakultät der Technischen Universität Dresden auf dem Gebiet der Musikwissenschaft mit ihrer Dissertation *„Die Dresdner Schulkonzerte von den Anfängen bis zur Gegenwart in ihrer Bedeutung für die Entfaltung der Musikkultur im Dresdner Raum“*. Im Arbeitskreis *„Dresdner Schulkonzerte“* ist sie gegenwärtig noch tätig.

Die Autorin arbeitete in Raum Brandenburg und in Sachsen kontinuierlich über Jahrzehnte. Gisela Hunger lebt in Dresden, ist verheiratet, hat eine Tochter, zwei Söhne und vier Enkelkinder.

*Inhaltsverzeichnis*

*… postrevolutionär und prägend*



*… historisch und zukunftsweisend*

*Von Gisela Hunger sind bei uns bisher erschienen:*

* *ANKUNFT (September 2012)*
* *DIE GROSSSTADT UND DAS MEER (Juni 2013)*
* *PFEIFENRAUCH UND ROTER WEIN (Dezember 2013)*
* *IM SPIEGELGLAS (Januar 2015)*
* *UNTERM REGENBOGEN (März 2016)*
* *WORKSHOP (September 2016)*
* *faustdick und faustig (Dezember 2016)*
* *IN RESONANZ (März 2017)*
* *lukullisch und lebendig (September 2017)*
* *STEINREICH (Mai 2018)*

Weitere Bände liegen bereits als Manuskript vor und werden zum Druck vorbereitet.